徳 間 文 庫

備中高松城目付異聞

湖 上 の 舞

鈴 木 英 治

徳 間 書 店

一

鼻の奥がつんとした。

川名佐吉は馬上でそっと背筋を伸ばした。

――なにか焦げている。

火縄のにおいのようだ。

しかし、すぐににおいは感じなくなった。さらに馬を進ませるにつれ、火縄のにおいは消えた。

あたりには人けはない。いま佐吉がいるのは、深い森のなかだ。

二月半ばということで、じき芽吹きだそうとしている緑が頭上にかぶさり、横からおびただしい枝が突きだしてきている。

枝は愛馬の肩や顔に当たり、竹のようにしなっては佐吉の頰を打ちそうになる。佐吉はわずかに顔を動かすだけで、こともなげにかわし続けていた。

大気は湿り気を帯びている。木々が吐きだすかぐわしい香りが充ち満ちており、思い切り吸いこむと、体にたまった悪いものを外にだしてくれるような気がする。

それだけに、先ほどの火縄のようなにおいはこの場にそぐわないものだった。

――ふむ、火縄か。まさか狙われておるのではあるまいな。

今頃、思いつくなど目付としてどうかしている。

佐吉は茂みや木陰、大木の上、藪のなかなどに注意深い眼差しを投げた。

しかし、こちらを凝視している者などいない。目らしいものも、のぞいていない。筒先も見えない。

それに、織田勢はまだこのあたりにはいないはずだ。この近くには宇喜多勢の籠もる長野城があるが、そこから出張った兵がいるのだろうか。

だが、鎧も身につけていない平服の侍を撃とうとするだろうか。

仮に狙われたとしても、この深い森では鉄砲の筒先など、見えやしないだろう。狙われたとして、なにゆえ鉄砲撃ちは鉄砲を撃たなかったのか。

愛馬が長い首をまわして、こちらをうかがう。

「なんだ、俺の様子が気にかかったのか」

佐吉は快活にいって、たてがみをなでた。ただし、まわりに気を配るのは忘れない。ときは戦国である。次の瞬間、なにが起きても決して不思議はない。

愛馬は、幸風という名の牡馬だ。あるじの小早川隆景からもらい受けたもので、名も隆景がつけたものである。六歳のまだ若い馬で、人間でいえば、元服をとうに終え、一人前と呼ばれてもおかしくない頃というところだろう。

どうして隆景は、幸風という名をつけたのか。初めて乗ったときに、佐吉にはその理由が即座に知れた。背中がひじょうにやわらかく、乗り味がいいというのか、冷たい風に吹かれていても、とても幸せな気持ちに包まれたのだ。

よく殿は、これだけの馬をくだされたものよな。

佐吉が戦で手柄を立てたからではなく、ただ、愛馬を戦で亡くしたのを哀れんで、名馬といってよい馬を物惜しみすることなく、手放したのだ。

喉(のど)の渇きを覚え、佐吉は腰の竹筒を手にした。傾け、空にした。喉が潤されたとはいいがたい。もっと飲みたいが、仕方なく竹筒を腰に結わえる。

ときおり鳥が激しく鳴きかわしつつ梢(こずえ)を飛び立ち、近くの茂みががさっと鳴って蛇か獣らしい気配が遠ざかり、樹上で猿が警戒の鳴き声を発する。

せいぜいがそのくらいのもので、佐吉が幸風を進めてゆけば、すぐに森は平素の静けさを取り戻す。

ただ先ほどから、獣や鳥の気配はまったくしなくなっている。それだけ人里に近づいたということなのかもしれないが、どこか奇妙な静けさが森にはあった。

その代わりというわけでもないだろうが、虫の群れがうなりをあげて、おびただしく寄ってくる。手で払っても、ほとんど効き目はない。すぐにまた、しつこくたかってくる。ぶゆだろうか。だが、ぶゆは夏に出るものと決まっている。まだ寒さが残っているこの時季に、出てくるものなのか。

それにしても、首筋、手と足を何ヶ所か刺されて、ひどくかゆい。かいてもかいても、かゆみはおさまらない。

薬があればまたちがうのだろうが、持っていない。今年は、あたたかくなるのが例年より早いのかもしれなかった。

とにかく、一刻も早くこの森を出たくてならない。

備後福山からなら、わざわざこんな山には入らずとも、目的地の備中高松城まで行けるのだ。わざわざ北に迂回して、虫に襲われる必要などなかった。

北に向かったのは、羽柴秀吉を大将とする織田勢の襲来してくる方角が多分そちらで、単に、地勢を見ておこうと思いついたからにすぎない。

目付の俺が地勢を見たからといって、なんになるというのだ。

目付の役目は、平時には武士たちの非違を探り、戦場においては、武士たちに卑怯な振る舞いがないか目を凝らし、誰が城への一番乗りを果たしたか、誰が大将首を取ったかなど、手柄について見極めることである。

侍大将が討ち死した際など、代わりに指揮を執ることもあるから、地形を見たことが無駄とはいえないだろうが、さほど役に立つこととも思えない。

水音が耳に届いた。目を向けると、岩のあいだから泉が湧き出て、小さな滝壺のようになっていた。

助かった。

佐吉は下馬し、手のひらに水をためてごくごくと喉を鳴らして飲んだ。あまりに冷たくて手がしびれたが、むしろそのことが気持ちよかった。

竹筒を一杯にし、幸風のために場をあけた。幸風は泉に長い顔を突っこみ、むさぼり飲んだ。

いかにも満足そうな幸風にまたがり、佐吉は再び馬腹を蹴った。

――むっ。

佐吉は顔をしかめた。またもや火縄のにおいが鼻先をかすめたのだ。幸風がぴくりとし、鼻面を上下させた。

氷のように冷たい汗が背筋を伝わる。ぱしゅ、と背後でなにかが弾ける音がした。

――やはり狙われていた。間に合わぬか。

佐吉は幸風の背中に、勢いよく顔を伏せた。ほぼ同時に森の静寂を引きちぎる轟音(ごうおん)が響き渡った。風のかたまりを耳にぎゅっと押し詰められたような衝撃に襲われ、頭がぼうっとした。

首の間際を、大気を切り裂いて熱いものが通りすぎ、全身に鳥肌が立った。

前の茂みが鋭い音を立て、葉っぱが激しく散った。玉はそこを抜けていったようだ。

幸風は無事か。

耳をつんざく大音に驚いたようだが、愛馬はどこにも怪我(けが)はしていないようだ。むしろ佐吉を案ずる目をしている。さすがに軍馬だけに鉄砲玉などの音に対する調練は十分になされている。

とにかく鉄砲玉は命中しなかった。二発目があるかもしれなかったが、そのことは考えず、佐吉は顔をあげ、背筋を伸ばした。腰の刀を引き抜くや、手綱をぐいと手元に引いて幸風の首をまわした。

馬腹を蹴る。幸風が小さくいななき、走りだす。

どこだ。どこから撃ってきた。

佐吉は目を動かすことなく、付近の気配を探った。目はじっとさせているほうが、まわりの動きは、よりはっきりと見えるものだ。

だが、どこにもそれらしい者の姿は見えない。

薄暗い獣道を一町（約一〇九メートル）ほど駆けてから、手綱を引いた。幸風が足をとめる。

ふむ、逃げ去ったのか。まさか、猟師が獣とまちがえて撃ったというようなことはないか。

考えられぬ。たまに、誤って人を撃ってしまったという噂もきこえてくるが、あれは鹿や熊と見まちがうものだろう。馬に乗った大の大人を、獣と見誤るようなことは、よもやあるまい。

やはり狙われたのだろう。だが、いったい誰に。

心当たりがないとはいわない。目付を拝命しているといっても、これまで何人もの武者や雑兵を戦場で手にかけてきた。

戦で討った者を仇と見なさないという暗黙の掟が武家のあいだにはあるとはいえ、そういう決まり事を破ろうとする者は枚挙に暇がない。

法度など、力の前には無力な世だ。自分を殺して肉親や血縁のうらみを晴らそうとする者は、相当の数にのぼるだろう。

そういう者の仕業なのか。

軽く息をついてから、佐吉は刀を鞘に落としこんだ。幸風の首をまわして、いま来たばかりの道を再び進みはじめる。

一里ほど南に向かって行ったところで、視野がひらけた。

風が動いていた。汗が引きはじめ、ほっとした気分に包まれる。

しかし、ここで安閑としてはいられない。すぐに佐吉は、くだりはじめている道を進みだした。

眼下に平野が広がっている。実り豊かなことを約束されているかのような田畑のなかに村々が点在し、かたまって建ち並ぶ百姓家が眺められる。

二里（約八キロメートル）はあるだろうが、目指す備中高松城を望むことができた。

沼に浮く城といってよい。城のまわりはすべて水か湿地である。城の西側を、外堀の役目を担っている足守川が流れている。

佐吉が高松城を目にするのは、これが二度目だ。一度目は、高松城から東に三十町（約三二七〇メートル）ほど行った辛川においての合戦のときである。

苦い思いがよみがえる。

首を振ってその思いを払った佐吉はさらに馬を進ませ、道がわずかに曲がっているそばの茂みに、人馬ともにそっと入った。すぐさま馬をおり、幸風の轡を手に、茂みの隙間から、先ほど出てきたばかりの森の入口をうかがう。

今のところ、森を出てくる者はいない。だからといって、まだこの場を去るわけにはいかない。

一羽の鳥が佐吉たちがそこにいることに気づかぬ様子で、一間（約一・八メートル）ほど先の地面が露出しているところに舞いおりた。虫をついばみつつ、佐吉の近くに寄ってくる。餌取りに飽きたのか、すぐに羽ばたき、空に吸いこまれていった。

入れちがうように、二匹の黄色い蝶々が絡み合うようにひらひらとやってきた。佐吉の目の前を、踊るように横切ってゆく。

幸風が首を伸ばして嚙みつこうとするのを、佐吉は静かに手で押さえた。蝶々は茂みを越えて、木々の深い景色にのみこまれるように消えていった。

首筋がかゆい。佐吉は黙って耐えた。このかゆみに耐えていれば、鉄砲を放った者が姿をあらわすような気がしてならない。

まわりをたくさんの羽虫が舞っているが、森の虫とはちがうらしく、羽音がだいぶか細い。しかし、うっとうしいのに変わりはなく、追い払いたいが、ここはひたすら我慢するしかなかった。

幸風は足踏みするようなこともなく、じっとしている。一度いわれたら、二度と同じ過ちは犯さない賢い馬だ。

姿を見せる者はいない。どうやら追ってきてはいないのだ。

ふむ、来ぬか。

佐吉は静かに息をついた。

動きを読まれたかな。

おそらくそういうことなのだろう。

あきらめた佐吉は、幸風にまたがろうとした。すぐにとどまる。

――来た。

森の入口に人が立ったのだ。

男である。身なりからして百姓だろう。歳（とし）は三十にはまだ間がありそうだ。

見覚えのない男だな。――おや。

うしろから若い女が姿を見せた。このあたりの百姓の女のようだ。潤んだような目をしている。夫婦か。

二人はあの森で、逢（あ）い引（び）きでもしていたのだろうか。いや、まぐわっていたのかもしれない。女の潤んだ目はそういうことなのではないか。

男が振り向き、女と深刻そうに話をはじめた。別れ話のもつれのようにも見える。女はうつむいている。

あの男が俺を狙ったのか。

佐吉は思案した。

だが、男は鉄砲を持っていない。鉄砲は高価だ。捨てるなど考えにくい。

不意に男が女を抱き寄せた。しばらくいとおしむように肩や背中を抱きさすっていたが、女を放すと、なにか一言いって、すぐさま体をひるがえした。左のほうにずんずんと歩いてゆく。

百姓女はそれをじっと見送っていたが、悲しげに目を落とすと、決意したように右側に向かって歩を進めはじめた。樹間に隠れ、その姿はあっという間に見えなくなった。

やはりちがうな。あの男ではない。自分を探すようなそぶりは一切なかった。

男のうしろ姿ははっきりと見えている。平野のなかの畦道(あぜみち)のような細い道を肩を怒らすように進んでいた。

なんとなく安堵(あんど)の思いを抱いた佐吉は、竹筒に手を伸ばした。ごくりとやる。

一気に半分ほどに水が減った。しかし、高松城はすぐそこだ。もう水の心配はいらない。

幸風にまたがった。幸風の尻に置いてある鎧櫃が軽く音を立てる。腹を蹴り、高松城のほうに向かって幸風を走らせた。風を切って駆けるのは、やはり楽しい。先ほど鉄砲で狙われたことが、脳裏から消え去りそうだ。

その気持ちに水を差したのは、また鼻の奥がつんとしたからだ。

背筋がぞっとした。

どこだ。

前だ。いつしかまわりこまれていた。左手にちっぽけな鳥居を持つ稲荷社があるが、その手前の大木の陰である。

半身になった人影が見えた。男だろう。距離は十間（約一八メートル）ほどか。そこだけが、くっきりと色づけされたかのように、筒先が両目に映りこんだ。

佐吉は手綱を横に引き、方向を転じようとした。

だが、その前に小さく白い煙があがった。直後に腹を揺さぶるような音が轟き、灰と黒が入りまじった煙が盛大に立ちのぼった。男の姿が見えなくなる。

佐吉は顔を伏せた。肉を撃つ鈍い音が耳に届く。なんだ、と思う間もなく、幸風の体がぐらりと揺れた。

幸風っ。叫んで佐吉は顔をあげた。

首を曲げてこちらを見た幸風は、いったいなにが起きたのか、と問うような表情をしている。悲しげな目をすると、もう駄目だというようにまぶたを重たげにした。

力尽き、地面に横倒しになった。佐吉も一緒に倒れこんだ。

右足に鈍い痛みが走った。膝の下が、幸風の下敷きになっている。両手を踏ん張って力をこめたが、足は抜けない。

幸風は首から血を流していた。すでに地面は赤黒く染まりつつあった。おびただしい量の血が流れ出ている。

幸風は四本の足を必死にかいて、立ちあがろうとする。だが、それもむなしい努力だった。胴体はまったく動かない。

鎧櫃が割れ、鎧が半分、出てきている。兜はそばに転がっていた。

やがて足も動かなくなり、幸風は目を佐吉に当ててきた。瞳から最後の光が消えてなくなるまで佐吉を見つめていた。目尻から一筋の涙が出ていた。

幸風っ。くそう、なんでこんなことに。

佐吉の目も潤んでいる。だが、愛馬の死を悼んでばかりいられない。そういう状況ではないのだ。

一度、小さな雲に隠れた太陽がまた顔をのぞかせ、春を感じさせるまばゆい光を大地に届けはじめている。

稲荷社近くの大木の陰から、男が姿をあらわした。鉄砲を手にしている。百姓のような身なりをしていた。

すでに玉ごめを終えたのか、火縄から一筋の煙があがっている。風に揺らめいては、煙が宙に吸いこまれていた。

早足で近づいてくる。佐吉に玉が当たらなかったのは知っているだろう。佐吉が馬の下敷きになったことも知っているはずだ。

見知った男なのか。佐吉は見極めようとした。

だが、距離を縮めてくる男の顔に、見覚えはまったくなかった。

すでに五間（約九メートル）もない。佐吉は必死に足を抜こうとしたが、もうあと少しというところで、なにかに引っかかってしまっている。

男が三間（約五・四メートル）ほどまで近づいたところで、佐吉は脇差（わきざし）を引き抜き、投げつけた。

男の二の腕をかすめ、背後に抜けていった。足をとめた男が着物の破れたところを見て、顔をゆがめる。

ちっ、と舌打ちして、傷口に唾を塗りこみはじめた。

その隙に佐吉は腰から竹筒を取った。だが、さっき飲んでしまったせいで、水はあまり残っていない。

足りぬ。

佐吉は股ぐらに手を突っこみ、一物を取りだそうとした。だが、なかなかうまくいかない。

男が唾をなすり終えた。

ようやく下帯から抜くことができた。竹筒に押し当て、放尿をはじめた。うまく小水が竹筒に入っていっているか、心許なかったが、男から目を離すわけにはいかない。

小水が出きった。佐吉は竹筒を背後に隠した。

男がまた歩きだし、一間ほどのところに立った。膝撃ちの形を取り、佐吉に狙いを定めた。頭を狙っている。

ほんの半間（九〇センチ）ほどに、鉄砲の口がのぞいている。筒先を突きつけられることが、これほど怖いのを佐吉は初めて知った。

膝撃ちの姿勢を取っているのは、槊杖(さくじょう)で突きかためてあるとはいえ、筒先を下に向けすぎると、筒内の玉が転がり落ちてしまう恐れがあるからだろう。

くそう、こんなところで死ぬのか。

人生五十年として、まだ三十年ばかりしか生きていない。

もっとも、この戦国の世に生きている以上、死は身近なものだ。こんな形でやってくるなど、今日、目が覚めたときには思いもしなかったが、これも今の世のさだめということなのだろう。

それに、これまで多くの命を奪ってきた。そのつけを、今ここで払うことになっても決して不思議はない。

そのようなことを一瞬のうちに思ったものの、佐吉に死ぬ気などこれっぽっちもない。生きてやる、という思いで一杯だ。

「どうして俺を殺す」

佐吉は声を放った。だが、男は無言だ。筒先にぶれはない。

「うらみがあるのか」

これにも男は答えない。

「いつからつけていた」

佐吉はもう男の答えは期待していない。
福山の屋敷を出たときかもしれない。帰りを待っている妻の水穂(みずほ)のことが思いださ
れた。かわいい女だ。必ず生きて帰り、また存分に慈しんでやらねばならない。幸風
が死んだときいたら、どんなに悲しがるだろう。
男が深く息を吸いこんだ。火蓋(ひぶた)をひらく。
――撃ってくる。
そう判断した佐吉は、わずかに腰を浮かせて竹筒の中身をぶちまけた。それは、あ
やまたず鉄砲に降りかかった。
火縄の火を消せたかどうか、怪しいものだったが、男がわずかにひるみをみせた。
かまわず引金を引いてきた。火縄が勢いよく火皿を叩(たた)く。ぱしゅと音がし、白い煙
があがった。次の瞬間、耳を聾(ろう)する轟音が響き渡った。
――くそっ、しくじった。
心を恐怖が鷲(わし)づかみにする。
だが、あわてて放ったせいで手元が狂ったのか、座りこんでいるも同然の佐吉に玉
は当たらなかった。鬢(びん)をかすめていった。ただ、強烈な熱と風に襲われ、佐吉は耳が
ちぎれたような気分を味わった。

だが、生きている。耳くらいくれてやる。尻を地面に預けたまま、佐吉は腰の刀を引き抜いた。あわてて鉄砲とともにうしろに下がろうとした男に向かって、右腕一本で突きだす。

切っ先が男の胸に吸いこまれる。ほとんど手応え（てごた）はなかった。

信じられぬというありったけの思いを表情にあらわし、男が鉄砲を投げ捨てる。佐吉の刀を素手で持ち、引き抜こうとしたが、切れた指がぽろぽろと落ちた。

それを見て、もう駄目だといいたげに男が絶望の瞳になった。

ここで容赦するわけにはいかない。佐吉は右手に力をこめ、さらに深く突き刺した。

刀は心の臓を貫いた。男が目を閉じる。ひざまずいたまま、もう息をしていなかった。

佐吉は男から刀を引き抜いた。支えを失ったように男の体が斜めに揺れ、肩から倒れこんでいく。頭が地面を叩いたが、男の目に二度と光が宿ることはなかった。

佐吉は自分の着物で血をぬぐってから、刀を鞘にしまった。

幸風を見つめる。

ため息が唇を突き破って漏れてくる。

くそう、どうしてこんなことに。

悲しくてならない。正直、父親が死んだときより悲しい。

だが、いつまでも悲しみに浸ってはいられない。

佐吉は、幸風の下敷きになっている足を引き抜こうとした。だが、力まかせに引こうとすると、足首のあたりに激痛が走る。骨が折れてはいないようだが、痛みは耐えきれないほどのものだ。

額に脂汗が浮いている。背中にもじっとり汗がわいてきた。

どうすればいい。人手を借りる以外、手はなさそうだ。

佐吉は付近を見まわした。

だが、誰もいない。戦が近いのを恐れて、百姓衆はすべてこのあたりを逃げだしてしまったのだろうか。

それにしても、いきなりこんな目に遭うなど。まったく予期していなかった。

背後で、土が鳴った。佐吉は鋭く振り返った。

一人の男が立っていた。

あっ。心中で声をあげ、佐吉は目をみはった。先ほど、女と逢い引きでもしていた百姓の男である。

「あのう」

「なんだ」

声がとがったものになった。

「ひっ」

男があとずさる。

「すまぬ。悪気はない。なに用だ」

「あの、お手伝い、いたしましょうか。お困りのようでございますから」

佐吉の様子を見つめていう。

「頼む」

佐吉は即座に答えた。男がうれしげにうなずき、近寄ってきた。

「かわいそうに」

幸風を見ていった。それから鉄砲の男を見つめた。

「この人は」

「わからぬ。いきなり鉄砲で俺を殺そうとした」

佐吉はあらためて死んだ男の顔をのぞきこんだ。やはり知った顔ではない。誰かに頼まれて狙ってきたのかもしれない。

　佐吉は顔をあげ、青ざめている百姓を見つめた。

「――一部始終を見ていたようだな」

「はい。まったく恐ろしい光景にございました。手前は森にいたのですが、鉄砲の音を耳にして、あわてて出てまいったのでございます」

「女と一緒だったな」

　男が目を丸くする。

「ご存じでしたか」

「俺は目付だからな、なんでもよく見ておるのだ」

「お目付さまでいらっしゃいますか」

「うむ。女は女房か」

「は、はい、さようにございます」

　男が気づいたように、眠っているかのような幸風の体を一気に持ちあげた。力は相当なものだ。

　軽々と一尺近くの隙間があき、佐吉はあっさりと足を引き抜くことができた。これまでの苦労が嘘のようだ。

「ありがとう。助かった」

男に心から礼をいってから、足の様子を見た。右足の内くるぶしのあたりが切れ、血が出ていた。やはり骨は折れていない。鐙が引っかかっていた。

「お怪我をされていますね」

男が心配そうに足を見る。

「お立ちになれますか」

多分な、といって佐吉は立ちあがった。男が手を貸してくれた。

「すまぬ。おぬし、名は」

「はい、徳蔵と申します」

佐吉も名乗った。

「えっ、川名佐吉さまとおっしゃるのでございますか」

佐吉は徳蔵を見つめた。

「俺を知っているのか」

徳蔵が勢いよく手を振る。

「とんでもない。珍しい名字だなあ、と思っただけにございます」

確かに、それほどある姓ではない。だが、びっくりされるほど稀なものでもない。

この徳蔵という男にはなにかありそうだ。だが、ここで問いただすほどのことではない。徳蔵は、どう見ても、ただの無力な百姓男にすぎない。

「あの、川名さまは、これから高松城にいらっしゃるのでございますか」

そうだ、と佐吉は答えた。

「でしたら、お城までご一緒いたしましょう。城内には腕のよいお医者もおりますので」

「その前によいか」

徳蔵が警戒するように上目遣いに佐吉を見る。

「幸風、この馬のことだが、幸風とこの男の埋葬をしてやってくれぬか。金は払うゆえ」

承知いたしました、と徳蔵がほっとしたようにいった。

「では、今から道具と人手を借りてまいります」

徳蔵が一礼して走りだした。すぐに佐吉が男に投げつけた脇差に気づき、拾いあげた。戻ってきて、佐吉に手渡す。

では行ってまいります、と改めていって徳蔵が再び駆けだしていった。

こんな傷を負ったのは、三年ぶりだな。

佐吉は、遠ざかる徳蔵の背を眺めつつ、そばの切り株の上に腰をおろした。

傷を見る。たいしたことはない。痛みはあるが、毒消しをしてもらえれば、恐れるほどの傷ではなかった。

三年前か。佐吉はしばし感慨に浸った。

小早川勢がこっぴどく負けた辛川の戦いの敵は、宇喜多勢だった。戦いがあったのは三年前の天正七年（一五七九）三月のことである。小早川隆景に率いられた一万五千の兵は宇喜多勢と激突し、大敗を喫したのだ。

世にいう辛川崩れである。

そのとき宇喜多家当主の直家は病で、弟の宇喜多忠家が采配を振るった。忠家の采配は敵ながらあっぱれで、伏勢に小早川勢の背後を衝かせるというやり方だった。

虚を衝かれた小早川勢はあっけなく崩れ立ち、敗走をはじめたのだ。

脳裏に暗い記憶がよみがえる。あのときは佐吉も手柄を立てたとはいえ、命からがら逃げ延びたのだ。愛馬を失い、隆景から幸風をもらったのはこの直後である。

その幸風も死なせてしまった。このことを隆景がきいたら、なんというだろうか。またも悲しみが新たになる。

辛川の戦いの際、宇喜多の伏勢の一隊が籠もっていたと思えるのが、左手の奥に見えている長野城である。お椀を伏せたような形の丘に築かれたこぢんまりとした城だ。

あのとき長野城をひそかに出た敵勢は山伝いに進出し、小早川勢の背後を目指したはずなのだ。

長野城には、今も宇喜多勢が籠もっている。城兵の数はさほど多くはない。せいぜい二百といったところだろう。城主は橋本四郎太郎という備前の地侍である。

宇喜多直家と小早川隆景の主家である毛利家とは、天正二年（一五七四）から同盟関係にあったが、天正七年に直家が毛利と手を切り、織田家に通じた。それから、毛利と宇喜多の戦いがはじまったのだ。

宇喜多直家はもうこの世にないが、弟の忠家が家を支えている。この忠家が戦上手で名を知られ、毛利家は何度か苦汁を飲まされている。

佐吉は長野城から目を離し、高松城に目を向けた。

ふむ、やはり難攻不落の城だな。

自分が軍略の才に恵まれているとは思っていないが、あの城は誰が見ても、そうたやすく落とせる城ではない。

二

これはうつつのことなのか。

目の当たりにしているのにもかかわらず、本当のこととは、川名佐吉はどうしても信じられない。

なにしろ眼前が湖になってしまっているのだから。今まで湿地だったところまでがすべて水で埋まり、備中高松城は湖に浮いている状態になっている。

前代未聞の奇計としかいいようがない。こんな未曾有のことをしてのけたのは、織田信長の武将の一人、羽柴秀吉である。

佐吉がここ高松城に入ったのは、二月十日のことだった。それからおよそ三月が経過した五月になって、まとまった雨が降りはじめた。

梅雨というのにはまだ早い頃合いだったが、森のなかで虫が大量にわいていたことも合わせ、今年は季節の進み方が例年よりすみやかなのかもしれなかった。

とにかく雨が降り続いたせいで、沼の水かさはぐんと増し、湿地も沼と化した。それを見て着想を得たのか、秀吉は城を水で取り巻いてしまえば、高松城を干し殺しにできると踏んだらしく、南北に縦断する堤を城の西側に築きはじめたのである。

因州鳥取城における飢え攻めの例を取りあげるまでもなく、羽柴秀吉が力攻めを滅多にしない大将であるのを、佐吉は知っていた。

自軍の兵の死傷をできるだけ抑え、敵に多大な損害を強いるというやり方を、ほとんどの場合、取っている。

近江長浜に居城を持つ羽柴秀吉の軍勢が、高松城から備前一宮の吉備津彦神社に着いたのは、三月十五日のことだった。織田信長の四男で、三年前に羽柴家の養子にもらった秀勝を同道していた。秀吉はそこで、こたびの戦勝を祈願したと伝わってきた。

吉備津彦神社は高松城から東へ三十町ほど行ったところだ。小早川勢が宇喜多勢に大敗した辛川の近くである。

その後、備中に足を踏み入れた羽柴秀吉勢は、高松城の支城の攻略を開始した。

高松城には支城が六つある。高松城を入れて、境目七城とも呼ばれている城砦群だ。七城は、いずれも高松城の西を流れる足守川に沿って南北に並んでいる。

宮路山城、冠山城、高松城、加茂城、日幡城、庭瀬城、松島城。北から並べると、こういう順番になる。

七城のうち、最も規模が大きいのはむろん高松城で、ほかの六城はむしろ砦といったほうがいい規模である。

六城は、毛利からの援兵と備中の地侍が一緒に籠もっている。これら高松城の支城にさほどの兵は割かれず、三百人から五百人が守りについているにすぎない。

対する羽柴勢は三万もの大軍である。秀吉は三月十六日、七城のうちで最も北に位置する宮路山城を攻めた。

城主は、毛利の武将の乃美元信である。もともとの城主は備中の地侍の船木藤左衛門だったが、高松城が織田勢に攻められることがわかったのち、乃美元信が城主として入った。船木藤左衛門は出丸の守りにまわった。

それを不満に思ったか、藤左衛門は羽柴の内応の誘いに乗り、寝返った。藤左衛門の夜討ちを受けた城主の乃美元信はもともと小早川水軍の将だったこともあり、さしたる抵抗をみせることなく、城を逃げだした。元信は毛利元就が陶晴賢を打ち破った厳島合戦では能島、来島の海賊衆を内通させ、勝利の土台をつくったことでも高名な乃美宗勝の弟である。

翌十七日に秀吉は、高松城から丑寅の方角にそびえる、百丈（約三〇〇メートル）近い高さの龍王山に陣を構えた。ここで陣容をととのえ、二十日に冠山城を攻めはじめた。

城主の林重真は備中の国人で、毛利家の外様だったが、三百の城兵とともに奮戦し、一時は宇喜多忠家の八千といわれる大軍を退けた。その後、重真には秀吉の調略が行われた。それは、重真に備中半国を与えるというものだった。

だが、重真はその誘いを一顧だにしなかった。

宇喜多勢は、秀吉の正室ねねの叔父で羽柴家の家老をつとめる杉原家次や加藤清正の助けを得て、二十五日に再び攻撃を仕掛けてきた。すでに城の守りの薄いところがわかっており、そこから攻め寄せてきたのである。

しかも忍びの者の働きがあったらしく、城内の火薬蔵が炎上し、大音響とともに建物が飛び散った。

城内は大混乱に陥り、その動揺を衝かれて城兵は次々に討たれていった。

城主の林重真は櫓内で腹を切り、百四十人近い城兵が討ち死して、冠山城は落ちた。

林重真は高松城城主の清水宗治の娘婿で、備中侍の気骨を上方の武者たちに見せつけることになった。

冠山城の他の諸将は落ち延び、無事、高松城に入城している。

その後、羽柴勢と宇喜多勢は鳴りをひそめた。しかし、佐吉たちの見えないところで調略は進んでいた。

月が変わった四月十一日に、羽柴秀吉は龍王山から石井山に陣替えした。石井山は、高松城から辰巳の方向に五町（約五四五メートル）もない場所にある。厚手の皿を引っ繰り返したような形の平坦な山で、どこが山頂なのか、眺めているだけでははっきりしない。

秀吉麾下の軍勢は、石井山ふもとの辰田村に陣を敷いた。

四月十六日、日幡城において毛利から派遣されていた安芸の将である上原元祐が羽柴秀吉の甘言につられ、頑として秀吉の誘いをはねつけた日幡城主の日幡景親を討ち取った。日幡景親の弟も重臣もとうに上原元祐に通じており、景親の逃げ場はすでにどこにもなかった。

日幡城は羽柴勢の手中に陥った。

日幡城とほぼ同時に、加茂城も毛利から差し向けられた将の生石中務少輔が叛旗をひるがえした。宇喜多の調略にしてやられたのだ。

生石中務は加茂城の東丸を守備していたが、西丸を守っていた同じく毛利の将である桂民部を羽柴側に引きこもうとした。

しかし、逆に城主の上山兵庫介元忠と桂民部に逆襲され、城を逃げだしていった。

それがために加茂城は落ちなかった。

生石中務は去年の九月、羽柴秀吉が干し殺しにしようとした播州三木城に兵糧を運ぶ総大将に任じられ、織田方の砦を落とし、城将を討ち取るという手柄を立てた武将だけに、その裏切りに、高松城の城兵の驚きは大きかった。

もっとも、織田方の砦を陥落せしめたまではよかったものの、羽柴勢の逆襲を受け、数百といわれる犠牲者をだして退くことになった。このとき羽柴勢の強さを思い知らされ、あらがうだけ無駄という思いを抱いたのかもしれなかった。

境目七城のうち、最も北に位置する宮路山城が羽柴勢に攻められたのが三月十六日。日幡城や加茂城が、攻撃を受けたのが四月十六日。その間、ちょうど一月あったが、毛利の援軍は姿を見せなかった。

ようやく毛利の援軍が高松の地にあらわれたのは、四月二十日のことだった。

それにしても、この動きの鈍さはいったいなんだろう。

佐吉は考えざるを得なかった。

羽柴の軍勢が三万もの大軍であることは、とうに安芸に知らせがいっていたはずだ。それなのに一月たっても援軍がやってこなかったというのは、どうにも信じがたい。

この毛利の動きはどう解釈すれば、いいのだろう。

佐吉は首をひねるしかない。高松城内の者でも、はっきりと答えられる者はいないだろう。

佐吉は南の山を見た。秀吉の本陣がある石井山と同じように平坦で、なだらかな稜線(りょうせん)を持つ山が眺められる。

距離は一里ほどか。日差(ひさし)山といい、高さは七十丈（約二一〇メートル）ほどある。右三つ巴(どもえ)の家紋の染め抜かれた旌旗(せいき)がひるがえっている。あるじの小早川隆景の軍勢が布陣しているのだ。

だが、隆景自身はまだやってこない。やってきているのは先鋒(せんぽう)だけだ。せいぜい二千人ほどか。

日差山の手前に庚申(こうしん)山という、二十五丈（約七五メートル）ばかりの高さの山がある。椀の蓋を伏せたような形をしている丸い山だ。高松城から半里近く離れている。

こちらには、九曜紋(くようもん)の旌旗が風にはためいている。庚申山には小早川隆景の兄である吉川元春(きっかわもとはる)の軍勢が陣を構えている。

さすがに毛利家きっての猛将といわれるだけのことはあり、高松城に最も近い場所でにらみをきかせているといいたいが、こちらも元春はまだ来ていない。

主将の毛利輝元は一万の兵を率い、猿掛(さるかけ)城にやってきているという噂が入ってきているが、定かではない。

ただ、猿掛城は高松城から西へ五里（約二〇キロメートル）にある山城である。備後、備中の国境にあり、城主が毛利元就の四男の穂井田元清ということもあって、備中への押さえの城となっている。

重要な城であるのは佐吉もわかっているが、高松城を救うのには、あまりに遠すぎないだろうか。

輝元は天文二十二年（一五五三）の生まれだから、今年三十である。男盛りといっていい。佐吉より一歳下にすぎない。

それが小早川勢や吉川勢のように高松城のそばまでやってこないということが、佐吉はどうにも解せなかった。

輝元はさほど戦がうまくないときく。祖父の元就のような謀略の才も、ほとんどないという。

だから小早川隆景や吉川元春は、輝元に矢玉の届きそうな場所に行ってもらっても、心配の種が増えるだけで、なんの役にも立たぬと思っているのかもしれない。

実際、毛利両川といわれる小早川隆景、吉川元春さえ高松城の助けにやってきてくれれば、戦いを進めるのになんの支障もなかろう。

輝元や隆景、元春が来ないといっても、高松城では毛利の援軍がようやく到着したことに歓喜の声があがった。それまでなかなか姿を見せない毛利本軍に落胆し、苛立(いらだ)ちが募っていただけに、喜びは倍増しになった。

　これで大丈夫だ、救われたと一気に城兵の士気があがった。城兵たちの顔にも生気が戻った。

　勢いづいたそのままに、城方では四月二十五日に敵陣へ夜襲をかけた。辰田村の堀(ほり)尾吉晴(およしはる)の陣を襲ったのだ。清水宗治の兄で出家した月清(げっせい)の子である清水右衛門尉(うえもんのじょう)と、中島大炊守元行(なかじまおおいのかみもとゆき)の軍勢だった。

　中島元行は清水宗治の娘婿で、勇敢な武者として知られている。もともと高松城から西へ二里の経山(きょうやま)城の城主である。経山城は周防(すおう)の守護大名だった大内(おおうち)氏最後の当主である義隆(よしたか)が天文年間に築いたといわれる。

　この城は、毛利家が備中を押さえるための大事な城と佐吉はきいている。

　ともあれ、清水右衛門尉と中島元行の軍勢は大きな手柄を立てた。敵将の堀尾吉晴を討つことはできなかったが、百名以上の敵を討ち取った。味方で死傷した者はほんのわずかだった。

　この戦いに、佐吉も加わっている。目付だけに果敢に敵勢とやり合うというようなことはなかったが、清水勢と中島勢のすばらしい奮戦ぶりは、暗闇（くらやみ）のなか、できうる限り見届けた。

翌々日の二十七日には羽柴勢との大がかりな合戦となった。主力をなしたのは、外様の宇喜多勢だった。

北から攻め寄せてきた。清水宗治自ら槍（やり）を持ち、必死の戦いぶりを見せた。それに奮い立った城兵も精一杯戦い、宇喜多勢を撃退した。討ち取った敵勢は四百人以上にのぼった。味方は百人ほどが討ち死した。これは城方の勝利といってよかった。

月が明けて翌五月二日、再び宇喜多勢が前回と同じく城の北側から攻めてきた。宇喜多勢も今度は本腰を入れてきた。兵たちの気迫がちがった。

今回もまた敗れ、宇喜多勢弱しということを羽柴勢の諸将の心に強く残すことになれば、織田家に従属してさして間もないだけに、宇喜多忠家や直家の遺児である八郎の首も危うくなるかもしれない。

まだ十一歳の宇喜多八郎も、この高松の陣に来ているようだ。秀吉にひじょうにかわいがられているという噂が城内には伝わったが、謀略でしか人を殺さなかった直家の子だけに、秀吉の気持ちがわからぬ、という者ばかりだった。

八郎の元服まではあと二、三年あるのではなかろうか。烏帽子親は羽柴秀吉ということになるのだろう。

五月二日に攻め寄せてきた宇喜多勢の戦いぶりは猛烈で、湿地に足を取られることをものともせず、城に肉迫してきた。

最初は鉄砲や矢で応戦していたが、またも清水宗治自ら槍を取り、戦うことになった。今度は宗治の奮戦だけでは応じきれず、敵は土塁をよじのぼろうとした。二ノ丸の兵を援兵として、ようやく撃退に成功した。

この戦いでは味方の損害のほうが敵より大きかった。二十五の敵の兜首を得たが、味方は八十二人の武者が討たれた。

佐吉も左腕にかすり傷を負った。鉄砲の玉がかすめていったのだ。医者に毒消しをしてもらい、すでに治りかけている。

五月も五日をすぎた頃から、梅雨の走りのような雨が降りだした。そののち七日から、羽柴勢は長さが三町に及ばんとする長大な堤を築きはじめたのである。大勢の百姓が駆りだされていた。

なんのための堤なのか、佐吉たちにはさっぱりわからなかった。最初は道でもつくっているのかと思ったくらいだ。

それが高松城を水攻めにするためのものであるというのがわかったのは、間抜けなことに、五月も十三日になってからだ。近くを流れる足守川が堰(せ)きとめられ、おびただしい水が高松城のほうに流れてきたからである。

高松城の西側には高さ半丈(一・五メートル)ほどの堤がつくられ、そちらには水がいかないようになっている。降り続いている雨で増水した足守川の水はすべて低地で湿地になっている高松城のほうに流れこんでくる。

どんよりと曇った空からは雨が降り続き、十九日になると、土塁の低くなっているところを乗り越えて、城内に水が入りこんできた。

城内には徐々に水たまりが増え、ひどくぬかるむ場所が多くなった。

いま雨はやんでいるが、空の重たさ、黒さには変わりがない。また間を置くことなく降りだすだろう。

このまま降り続けば、高松の地に新たにできた湖の水かさはさらに増し、土塁をのみこんでしまうのではないか。

そうなれば、城内で水に濡(ぬ)れずにすむ場所など限られよう。兵たちは井楼(せいろう)や建物の屋根の上にのぼるしかないのではあるまいか。

三

水に頭をつけていた。

六十一という年齢にふさわしいしわ深い顔は真上を向き、無念そうな目が虚空をにらんでいる。鎧はつけていない。先ほどから落ちはじめた雨が、泥で汚れた体を洗うように濡らしている。

場所は二ノ丸の端、三ノ丸との境だ。空の兵糧蔵が建つ陰で、一日中日が当たらず、人けはほとんどない。

六月一日のはじまりを告げる太陽はのぼったばかりだが、たれこめる厚い雲のためばかりでなく、兵糧蔵が邪魔になり、ここからその姿を拝むことはできない。あたりに焚かれていた篝火は薪が貴重なこともあって、とうに消されていた。

川名佐吉は長身を折り曲げ、死骸の横にひざまずいた。鎧が小さく鳴る。

目を閉じ、しばらく合掌した。

遺骸の主は、北原甚兵衛という。甚兵衛とは二日前に初めて顔を合わせ、話をかわしている。

二度目の対面が、まさかこんな形になるとは夢にも思わなかった。

佐吉は目をあけた。ものいわぬ顔を見つめてから、体のほうに目を転じた。着物の前がはだけている。胸の傷口が目に入った。まちがいなく鋭利な刃物で心の臓を一突きにされている。

傷はそれ一つだけだ。傷口から出きってしまったらしいおびただしい血は、あたりの水を赤く染めている。水はよどみ、流れらしい流れはない。

三ノ丸はほぼすっぽり水没してしまったが、まだ二ノ丸はそこまではいっていない。水が多くたまっているところで、膝の下あたりまでだ。

三ノ丸では、兵舎の屋根近くまで水がきてしまい、たくさんの筏をつくって、その上ですごしている者が多い。筏に乗れない者たちは屋根にのぼっていた。

佐吉は目の前の死骸を見つめた。

甚兵衛の腰に両刀はない。太刀はすぐそばに落ちているが、その横に転がる脇差は鞘のみだ。

佐吉は付近に目を投げた。

だが、抜き身は見当たらなかった。甚兵衛を殺した者が持ち去ったものか。それとも、土塁の向こうに投げ捨てたのか。戦が終わって水が引けば、見つかるかもしれない。

それにしても、と佐吉は甚兵衛を凝視して、思った。なぜこの年寄りが殺されなければならぬのか。

なんといっても、甚兵衛は明らかに心うちをおかしくしていたのだ。

頭に浮かぶのは、二日前に甚兵衛が口にしていたいくつかの言葉だが、あの脈絡のない言葉が果たして死につながるものなのか。

集まっている城兵たちが佐吉の思いを断つようにざわつき、戸がひらくように横に広がった。

あらわれたのは、城主清水宗治だ。宗治の弟である難波伝兵衛と、軍監の末近左衛門が付き添っている。

佐吉は立ちあがった。

「役目、ご苦労」

鎧をいくつも着こんでいるかのような重い足取りで近づいてきた宗治が、声をかけてきた。

目を充血させ、ひどく暗い表情をしているが、いつもの人をひきつけてやまない穏やかな声に変わりはない。

佐吉は深く頭を下げ、宗治のために脇にどいた。

亡骸に歩み寄った宗治は、立ちすくんだように動かずにいた。信頼していた老臣の死がいまだ信じられないのか、呆然とした表情を隠せずにいる。

水に両膝をつき、静かに腕を伸ばした。甚兵衛を抱き起こす。

かたく抱き締めて、泣いていた。涙は、尽きぬ泉のごとく次から次へとあふれだしてくる。

「すまぬ、そなたをこの城に入れなければこのような仕儀にはならなかった。死なせることもなかったであろうに」

号泣するのをかろうじて抑えたようなかすれ声が届く。

「すまぬ。わしの責任じゃ。わしの……」

あとは嗚咽で声にならなかった。

一間ほど離れて、佐吉は痛ましい思いでその光景を眺めていた。

これまであまり話をしたことはないが、佐吉は清水宗治が好きだ。

物腰がきびきびし、立ち居振る舞いにめりはりがあるのがいい。

それだけでこの男の武将としての果断さがうかがえる。備中一の侍、と呼ばれているのも納得がいく。

情けが深く、配下を大事にするとも聞いている。命を預ける人としてこれ以上のお方はいらっしゃるまい、と城兵のあいだでももっぱらの評判だ。

敵勢の濫妨狼藉(らんぼうろうぜき)を怖(おそ)れる百姓千人余りが高松城に入ってきたのも、逃げ遅れたのではなく、善政を敷く宗治を慕い、その危機を見すごしにできないという思いからだろう。四十六歳というから、佐吉より十五も上だ。

だが、と佐吉は思い、あらためて高松城の城主を注視した。

宗治にも、甚兵衛の話はきかなければならない。城主だからといって、扱いを変えるわけにはいかない。

宗治が甚兵衛に語りかけた言葉が、佐吉の心に引っかかっている。

無二の老臣の死を悼んだ言葉であるのはわかっているが、甚兵衛の死を予感していたと取れないこともない。まさかとは思うが、宗治が下手人であることも頭に入れておく必要がある。

目をあげ、佐吉はあたりを見まわした。

誰もが、いまだに泣きやもうとしない宗治を悲しげに見ている。

宗治に影のように付き添っている難波伝兵衛も、目を赤くはらしていた。

おや、と佐吉は左手へと目を向けた。

一人、異なる目をしている者がいる。その男の瞳には、闇夜の猫の目のように際立つ光がたたえられていた。

まだ若い武者だ。二十歳には、あと二、三年待たなければならないだろう。

よく鍛えられた筋骨をしている。鎧は新しく輝いている。身なりから、騎馬武者であると見当をつけた。

若者の眼差しが当てられている先は、紛れもなく清水宗治だ。

憎しみのこもった瞳をしている。小早川の家中ではなかろう。佐吉には見覚えがなかった。

となると、清水家の臣ということになる。だが、一丸さで知られた清水家中にあんな目をした者がいるものなのか。

少し見つめすぎたようだ。武者が佐吉に気づいた。日光をまともに浴びたように目を伏せると、足早にその場を去っていった。

佐吉は、その姿が見えなくなるまで見送った。

少し離れたところで、末近左衛門が手招きしていた。

佐吉はそばへ寄った。

「検分はすませたようだな」

表情と瞳に厳しさをたたえて、左衛門がいう。このあたりは小早川家から派された軍監らしい顔つきだ。

「なにか気づいたことは」

「今のところ、北原どのが何者かと争ったあと、短刀で一突きにされたらしいのがわかったにすぎませぬ」

「うむ。ほかには」

うながされて佐吉は続けた。

「殺された北原どのを見つけた見張り番の話では、駆けつけた直前、この場を逃げ去った者がいたらしいのです。うぬは何者だっ、という叫び声をききつけ、その見張り番はこの場に駆けつけましたが、その途中、うぬごときにやられはせぬぞ、という声もきいたと申しております」

「その二つの声は、北原どのの声だな」

「おそらく」

「何者だ、といったということは、下手人は、北原どのの顔見知りではないようだな」

佐吉は首をかしげ気味にした。

「確かに」

「張り番は下手人の顔を」

「残念ながら。水を蹴って走り去る音だけを耳にしたとのことです」

「追わなかったのか」

「追いかけたそうですが、まだ暗いこともあって姿は見えず、足音もすぐにきこえなくなってしまったそうです」

「そうか、まだ暗かったか」

「寅の正刻（午前四時）前だったようです」

末近左衛門は佐吉と同様、主君小早川隆景に命じられ、この城にやってきた。歳は五十五。温厚な性格で、めったに声を荒らげることはない。人当たりもやわらかで、人の話をじっくりときく。

戦陣経験は豊かで、ひとたび戦となれば鬼に変わる。隆景から二千もの兵を預けられているが、その程度の人数、楽々と指揮してのける。

果断さも持ち合わせており、もし清水宗治が毛利家を裏切った場合、刺し殺すのに一瞬たりとも躊躇はしないはずだ。

もっとも、今となれば宗治が城をひらくことで、毛利家が助かることは左衛門もわかっているだろうから、宗治を殺すような真似はしないかもしれない。

いずれにしろ、織田勢に最も近い城の軍監として、この上なくふさわしい男であるのは確かだった。

左衛門は、形としては佐吉のあるじでもある。佐吉は左衛門の与力としてこの城に入ったからだ。

川名家は、小早川家に仕えて佐吉が四代目である。目付には三年前、隆景からじきじきに任命された。驚いたが、なにごとにも妥協のない性格を買われたと思っている。

左衛門が口をひらいた。

「はなからその気でおろうが、探索はおぬしにまかせる。下手人は、必ずとらえよ。佐吉、急げ」

最後の言葉は、いつ開城になるかわからない今の情勢を示したもの、と佐吉は判断した。城がひらかれれば、下手人は外へ出ていってしまう。

「はっ」

佐吉は鋭く顎を引いた。もとよりそのつもりでいる。開城が間近に迫っている城といえども、人殺しを許すつもりはない。

城兵たちには、なにもこれだけ切迫しているときにしゃかりきにならずとも、というような目を向けられるかもしれないが、下手人をとらえ、断罪する、これが自らに課せられた仕事である上、それをやり遂げようとするのが生まれついた性分でもある。

それに、下手人をとらえるのは、さほどむずかしくないものと思えた。

なにしろ水に囲まれているのだ。逃げ場はない。

下手人はまちがいなく城内にいる。もし無数の尺木が埋めこまれた土塁を乗り越えて湖水に逃れようとしても、敵に射殺されるのはわかっているだろう。

湖水には、宇喜多家の軍船が昼夜を分かたず浮かんでいる。二十人は乗りこめる船で、半数が鉄砲をたずさえている。夜になると、いくつもの火縄の火が、蛍の光のようにちらちらと瞬いている。

材料を持ちこんでこちらで組み立てたものらしいが、軍船は常に六、七艘が湖面をゆるゆると動いている。

たまに、思いだしたように城内に向けて鉄砲を放ってくる。城兵に当たることは滅多にない。ただ、肝を冷やさせることだけが目的だろう。

城内からも、火縄の火をめがけて鉄砲が放たれる。ときおり、かすれたような悲鳴の直後に重い水音が立つことがある。これまでに宇喜多の鉄砲足軽の何人かは、まちがいなく湖の底に沈んだだろう。

湖をはさんだ向こう岸には、夜になると篝火が盛大に焚かれ、まるでそこだけ昼が去っていないような明るさに満たされる。その明かりのおびただしさは、上方の軍勢の富裕さを如実にあらわしていた。

「佐吉、励め」

左衛門は佐吉の肩を軽く叩いて、背中を見せた。

佐吉はさりげなくいった。

「では、少しお話をきかせてください」

「なに」

左衛門が足をとめ、首を振り返らせた。

「わしからか。まさかおぬし、このわしを疑っているのではあるまいな」

「ただ話をうかがいたいだけです」

「ふむ、話をな」

左衛門は苦い顔をしたが、佐吉に向き直った。足元の水が波打って揺れる。

「よかろう。なんでもきくがよい。知っている限りのことは答えよう。おまえのそういう資質を殿は買われたのであろうな」

ありがとうございます、というように佐吉は一礼した。

「お言葉に甘えさせていただきます」

すぐさま質問をはじめた。

「亡くなった北原どのは六十一、すでに隠居の身だったそうですが、その身の上で城に入ってこられたのは、城主の清水さまに請われたからでしょうか」

左衛門がすぐに首を振る。

「いや、清水どのは入らずともよい、と申されたそうだ。だが、死ぬるのは宗治どのと一緒、と北原どのが押して入ってきたそうだ」

清水宗治の、そなたをこの城に入れなければ、という言葉は、このことを指しているのだろう。

「北原どのの人となりをご存じですか」

「少しは」

佐吉は黙って耳を傾けた。

「わしが知っている限りでは、穏やかで寡黙な人だった。頑固なところもあったようだが、清水どのの信頼は厚く、頼りにされていたときく」

寡黙な人か、と佐吉は思った。寡黙といえば、母もそうだ。そういう人がああいうふうになりやすいのだろうか。

「北原どのに遺恨を持つ者に心当たりは」

「ない」

左衛門はあっさりと否定してみせた。

「北原どのがうらみを買っていたなど、これまで一度も耳にしたことはない」

「さようですか」

佐吉は相槌を打った。

左衛門が、つと空を見あげた。足元の水を打つ音がいつしかしなくなっていた。小さな波紋が、音もなくところどころに広がっているにすぎない。気づかないうちに雨はあがりつつあった。

しかし、雲は相変わらずどんよりと暗くたれこめ、いつまた降りだしてもおかしくはない。

「しかし佐吉、こんな世だ」

左衛門が吐息を漏らすようにいう。

「北原どのも若い頃は名を馳せたというから、多くの者を手にかけているだろう。戦で人を殺し、それがいちいちうらみを買うのだったら、それこそわしも今頃無事ではいられまいが、ただ、なかには人には話せぬ殺しをしたことがあったやもしれぬ」

左衛門はなにか知っている。今のは口を滑らせたのではなかろうか。

「人には話せぬ殺し、ですか」

佐吉はすぐさま突っこんだ。

軽く首をかしげて、左衛門が控えめな笑みを浮かべる。

「今のはたとえ話にすぎぬ」

やんわりととぼけられた。

だが、老獪さも併せ持つ武将の心の内側を探ることなど、今の自分にはできることではなかった。もっともっと修練を積まねばならない。

「北原どのは清水家の老臣といっても、清水家に仕えたのは七年前ときいております」

佐吉はやむを得ず、話を進めた。

左衛門が大きく顎を引く。

「そういうことだ。北原家は清水家の譜代の者というわけではない。清水家も北原家も、元はここ高松城のあるじの石川久孝どのの家臣だった。その意味でいえば、清水どのと北原どのは同格だ」

そのあたりの事情は、佐吉もある程度は知っている。

ここ高松城は、元亀三年(一五七二)に石川久孝の兄である久式が築いたものだ。

石川家は吉備津彦神社社務代からのしあがって備中半国を領有するまでになった家だが、元亀三年当時、備中地生えの名門三村家に仕えていた。

石川家の本城である幸山城を守っていた久式は、この城を弟の久孝に預けていた。

天正三年(一五七五)、備中松山城に拠っていた三村氏が小早川隆景の攻撃を受けて滅ぼされた際、久式も主家に殉じたが、その二月前に久孝は病死しており、さらに他家から養子に来ていた跡継もその一月後に早世した。

久孝の娘婿だった清水宗治が国人衆の後押しもあって、この城のあるじとなったのである。

その後、清水家は、小国人のならいとして毛利家の傘下におさまることになった。

「清水さまがこの城の城主となった頃、なにかあったようなことはありませぬか」

佐吉は問いを重ねた。

「たとえば、北原どのが清水さまに厚い信頼を置かれるきっかけになったようなことはありませんでしたか」

宗治が高松城主となる前、空白となった城主の座をめぐって石川家中でごたごたがあったことは佐吉もきいているし、城主になってすぐの宗治が一人の侍を手討ちにしたとの話も耳にはさんだこともある。

ただし、詳しいことの次第は知らない。

左衛門が首をひねる。

「城主になりたての清水どのが、謀反を企てた家臣を自ら討ち取ったという話はきいたことはある。しかし、そのとき北原どのが清水どのに力を貸し、なにかしてのけたというような話は耳にしたことがないな」

佐吉は目をみはった。

「謀反を企てて手討ちにされた家臣がいたのですか。詳しくおきかせください」

驚きを隠すことなくたずねる。

「うむ」

左衛門が深く顎を引いた。

「清水どのの家臣と申してもやはり同格の者で、確か長谷川なにがしといったと思うが、一味を集め、兵をあげようとしたらしい。その長谷川なにがしを清水どのは討ったのだ。七年前の八月一日のことだったそうだ」

佐吉の驚きはさらに増した。

「八朔……」

殺された甚兵衛は、初めて会ったときに八朔のことを口にしていた。あの言葉は、七年前のこのことを指しているのだろうか。

「どうかしたのか」

左衛門が佐吉をじっと見ていた。

「いえ、なんでもありませぬ」

佐吉はかぶりを振った。まだ左衛門に話すほどのことではなかった。

「母御はご息災か」

問いが一段落したのを見計らって、左衛門が思いだしたようにきいてきた。

佐吉はかすかに顔をしかめた。

「いえ、あまりかんばしいとはいえませぬ」

ごまかすことなどできない。なんといっても、左衛門は妻の父なのだ。

「そうか」

左衛門がつらそうに目を伏せた。娘の苦労を案じている顔だ。

佐吉の妻の水穂は、左衛門が四人姉妹のなかで最もかわいがっていた末娘だ。いや、今もかわいがっている。

水穂のやさしさとしっかりしたところは父の血を受け継いでのもの、と佐吉は思っている。

だが、今は家族の話をしているときではなかった。

佐吉は最後の問いを発した。

「義父上(ちちうえ)は、北原どのと親しかった方をご存じですか」

うむ、と左衛門がうなずいた。

四

北原甚兵衛の亡骸は、家中屋敷と呼ばれる曲輪(くるわ)に運ばれた。

この曲輪は、北ノ丸という呼称がついてもよさそうな位置である。

城のなかで最も北に位置している家中屋敷には、清水宗治が居住する居館もある。

水攻めの前に、宇喜多勢が二度にわたって攻め寄せたのは、この家中屋敷のすぐ近くである。宗治が自ら槍を取って戦ったのも当然のことだった。

北原甚兵衛の遺骸は、兵舎の一角に安置されているそうだ。

家中屋敷の一番北の土塁脇の武者走りに立つと、足守川の流れを堰きとめた堤がはっきりと眺められる。

羽柴勢の築いた堰は、高松城から戌亥の方角に十五町（約一四五メートル）ほどしか離れていない。辰巳の方向へと流れる足守川の流れは、完璧にとめられ、城のあるほうへと流れている。

この北側の堤は足守川の水を堰きとめ、流れを変える役目を持っているが、反対側の南側の堤は足守川の水をため、湖水にするためのものだ。

こちらは長雨で増水した足守川の水が高松城の西から南へと逃げないようにと、羽柴秀吉が本陣を構える石井山から岬のように突きだした形をしている蛙ヶ鼻という場所から北に向かって築かれた堤である。

南側の堤の長さは、二町（約二一八メートル）以上は優にある。この堤があるせいで足守川から流れこんだ水は堰きとめられ、もともとの沼の水を加えて、どんどんとたまってゆく一方だ。

それにしても、全部で三町ほどの長さがある堤を十二日ばかりで築きあげるなど、いくら百姓衆を金でつったとはいえ、上方勢の普請の達者さを裏づける以外のなにものでもなかろう。

やはり羽柴秀吉という男は、ただ者ではない。

しばらく堤を眺めてから、佐吉は武者走りを降りた。水浸しの地面を、ばしゃばしゃいわせながら歩く。

北原甚兵衛と親しかったと義父の末近左衛門から教えられた難波伝兵衛は、家中屋敷の片隅に建つ兵舎にいるとのことだ。

番士の武者に用件を伝えると、佐吉は兵舎の一室に通された。三ノ丸や二ノ丸よりずっと北にあるために、土地自体の高さがあり、水の浸入はくらべものにならないくらい少ない。

兵舎のなかは土間に大きな水たまりができている程度で、床板まで水かさは達していなかった。

しばらく待ってもらうことになり申す、と番士に告げられたので、佐吉は狭い板敷きの無人の部屋に一人ぽつねんと座り、目を閉じた。

脳裏に自然に浮かんできたのは、二日前の甚兵衛との初対面の場面である。

五月二十九日のことだった。

佐吉は、高松城三ノ丸の南側の武者走りにいた。すぐ脇に、ふだんはない井楼が建っている。目の下に、新しくできた湖面が見えていた。

三ノ丸には数多くの兵舎が建てられ、おびただしい兵がいる。五千人が籠もっている城のなかで、一番広く、最も多くの兵が配されている場所だ。城の南端の曲輪にあたり、大手門が建っていた。

すでに腰の高さに近いところまで水かさがあがってきた湖面は大粒の雨に叩かれて、魚が押し寄せた岸のように激しく波騒いでいる。湖の水は今や門のあいだから漏れだし、木の隙間からは噴きだして、城内をひたしつつあった。

対岸の山に立つ旌旗の群れがかすんで見える。石井山である。

石井山には、相変わらず敵の本陣がかまえられている。

ここ三ノ丸から見ると、手を伸ばせば届きそうに思えるほど近いが、湖水にへだてられた今は、月のように遠く感じられた。

あの山には、今も敵将の羽柴秀吉がいる。酒でも飲みながら、こちらの苦境を眺めているのだろう。

秀吉は宇喜多勢を含めた総勢三万を率いる大将で、四十七歳というから若くはないが、頭の働きはやわらかで、きっと歳を覚えさせない男にちがいない。

でなければ、長大な堤を築いて川を堰きとめ、その水を流れこませて城を湖のうちに孤立せしめるなどという策を生みだせるはずもない。

どういう人物なのか、佐吉は一度会って話をしたい。しかし、その望みがうつつになるはずはなかった。

佐吉は目を背後に転じた。

城の南側の山々には、毛利勢三万が陣取っている。敵勢に負けない旗の数だ。

毛利の本軍が高松の地にあらわれたのは、五月二十一日のことである。日差山に小早川隆景が率いる軍勢が陣取り、庚申山に吉川元春が自ら引き連れてきた軍勢が布陣した。主将の毛利輝元は、西に五里も離れた猿掛城にやはり入城したのだという。

噂ではきいていたが、実際に輝元が猿掛城に本陣を敷いたなどといわれると、落胆の度合が激しい。

はなから輝元にはほとんど期待していないとはいっても、城に籠もった城兵というものは主将には間近にいてほしいものなのだ。

だが、三万もの兵力を擁しながら、毛利勢は大岩と化したように動こうとしない。動けないといったほうが正しいのか。

仮に羽柴勢三万に決戦を挑んで勝利し、高松城を解き放つことができたとしても、羽柴秀吉の背後に織田信長が控えていることが最大の理由だろう。

織田信長がここ高松の地に姿をあらわすのは、間近ともいわれている。

信長は、五万もの人数を引き連れてくるとも噂されていた。

そのとき毛利家はどうするのか。

いや、そのときではおそすぎる。織田信長がやってくる前に、羽柴秀吉に和を乞うしか道がなさそうなのは、城兵の誰もがわかっていた。

今でも攻撃を仕掛けられないのに、さらに五万の敵勢があらわれたら、いったいどうなるのか。

しかし、城兵たちは毛利勢が羽柴勢に戦いを挑み、追い払ってくれることを待ち望んでいた。

毛利勢が勝利をおさめれば、この苦しい籠城から解き放たれる。

今はもうつらくてならない。兵舎のなかにも水が入りこみ、まともに横になれるところがほとんどなくなってしまっている。

そのために、屋根にのぼって寝る者が多くなっている。いつ下に転がり落ちるか知れたものでなく、しかも兵糧蔵にも水は流れこみ、大事な米が濡れそうになったため、なけなしの木材を用いて新たな床が高みにつくられた。

宗治は戦意に満ちあふれている。上方の軍勢など恐るるにたりぬ、とはっきりと城兵に告げている。これまで何度か手合わせして、一度も負けていないのが、そのことを裏づけていた。

宗治としては、毛利勢が羽柴勢に襲いかかったら、宇喜多の軍船を奪い取り、それをもって湖面を渡り、敵を挟み撃ちにできると考えているようだ。

宇喜多の軍船を奪うには、水練の達者な者を選び、濁った湖水をもぐらせて敵船に忍び寄り、奪い取るという策を画しているともきくが、定かではない。果たして、そんなにうまく事が運ぶかという懸念がないわけではなかった。

いずれにしても、どうして毛利勢は動かぬのかと、城兵の誰もがじりじりしている状態である。なぜこの苦しみの縄を解いてくれぬのか、苛立ちが募っている。筒先の詰まった鉄砲のように、今にも暴発するのではないかと思えるほどだ。

いつからか、隣に武者が立っているのに佐吉は気づいた。

無数のしわに切り刻まれたような顔をしている、かなり歳のいった武者だ。年季の入った鎧をまとっている。

雨が城内の水面や蓑や笠を激しく叩くなか、着物しか身につけていない。ただ、濡れるにまかせている。

日が暮れてほとんど見えなくなった石井山に眼差しを向けているが、その横顔に生気はなく、どこか寂しげだった。

見覚えのある武者だ。

誰なのか、佐吉はときを置くことなく思いだした。

清水家の老臣北原甚兵衛である。城主清水宗治の信頼が特に厚いといわれている。

雨は少し弱まってきていたが、やや冷たさを感じさせるこの降りは年寄りにいいものでは決してない。

佐吉は顎紐(あごひも)に手を当て、笠を貸すのを申し出ようとした。

そのとき甚兵衛が不意に首をまわし、佐吉を見た。雨に濡れた顔は一転、生き生きとしている。

「ああ、なんときれいなものじゃな」

半びらきの口から吐きだされた声は、幼子のようなものを感じさせた。目には、どこを見ているのかはっきりしないうつろさがあった。

母に似ている、と佐吉は直感した。胸がうずくように痛む。

「なにがでしょう」

平静さを装って、佐吉はたずねた。

「なにがってあれよ、あれ」

舌足らずのような、おぼつかない話しぶりだ。実際、舌がまわっていない。

甚兵衛は、土塁越しに右手を伸ばした。指がおこりにかかったようにぶるぶると震えている。指だけではない。腕全体が痙攣(けいれん)していた。

これでは、と痛ましさを心に感じつつ佐吉は思った。刀槍(とうそう)を持つなど、もはやかなわぬだろう。

甚兵衛の指す先には、長大な堤がある。

「ああ、あの明かりですか」

佐吉は調子を合わせた。

堤に並べられた篝火が、ずらり列となって輝きを放っている。夕闇の到来とともに篝火は数を増やし、明るさもずっと強いものになってきている。

湖面も赤々と燃えているようだ。あのおびただしい篝火の群れは、城を逃れようとする者を射殺するためのものだ。

あの明るさからは、一兵も逃がすまじという、羽柴勢の強い決意が伝わってくる。

「そうじゃ、そうじゃ」

破顔して満足そうにうなずいた。

「ほうほう、まるで祭りじゃな」

確かに、そういうふうに見えないこともない。

いずこでも村をあげての祭りとなり、夜になっても明々と焚かれた火は消されることは決してなく、祭りのにぎわいが衰えることはない。

新穀は城にもおさめられる。小早川家でも家臣は総登城し、三原城の城内で遠慮なく酒を酌みかわす。それは、ここ高松でも同じなのだろう。

「八朔のときもそうじゃった」

八月一日。この日、百姓衆はその年に実った新穀を集めて高らかに祝う。

「きっとにぎやかなんでしょうね」

佐吉はいった。だが、甚兵衛から答えは返ってこない。

甚兵衛は空を見ていた。あっけにとられたように口を大きくあけている。

どうしたのだろう、と佐吉もつられて上を向いた。

頭上に、注意をひくようなものはなにもなかった。瞳に映るのは、闇色に塗りこまれた空だけだ。

霧のように細かい雨が間断なく降り続いている。雲は相変わらず空をおおい尽くしており、星の瞬きは一つも見えなかった。

「ああ、甘露(かんろ)じゃな」

甚兵衛が佐吉に顔を向け、にっこりと笑った。

佐吉は、甚兵衛が雨を飲んでいることに気づいた。

甘露というのは、隣国明の古い伝説で、天子が仁政を行ったしるしに天が降らせる甘い露のこととききくが、甚兵衛は本当に雨に甘みを感じたというのか。

今は乱世で、仁政などという言葉は死に絶えたも同然だ。

「わしは酒が大好きじゃでな」

にこにこしていった。雨を酒にたとえているわけではなく、実際に酒だと思っているようだ。

母に似ているとの直感は、どうやらまちがっていない。

「ぬしゃ、好きかい」

あまり飲めるほうではないが、酔いがまわり、気分が昂揚する感じは決してきらいではない。

「ええ、好きです」

記憶がよどみはじめた年寄りに逆らう気などなく、むしろ母に対するのに似た悲しみを佐吉は覚えている。

「そうか、そうか、そりゃよかった」

甚兵衛は佐吉の肩を叩いた。

「なら遠慮せず飲め、飲み放題ぞ」

いうがはやいか、甚兵衛はまた口を大きくあけ、うまそうに雨の粒を受けはじめた。

佐吉も口をわずかにひらき、空を見あげた。顔に当たる冷たさが心地よい。喉が渇いているということもあるのか、口に入りこむ雨を酒だと思って飲みくだすと、確かに甘い味がする。

「どうじゃ、うまかろう」

甚兵衛が笑顔で佐吉を見ていた。はい、といって佐吉は笑みを返した。

甚兵衛は本当に酔っているように体をゆらゆらさせている。顔には、先ほどまでなかった赤みが差している。

甚兵衛が手のひらを思いきり打ち合わせた。ぱん、といい音がした。

そばにいた番兵がぎくりとしたようにこちらを見る。なんでもないと知って、また目を敵に向けはじめた。

「かったかったまたかった、若殿さまにまたかかった。かったかったまたかかった」

甚兵衛が節をつけて歌うようにいった。戦場往来を感じさせる、野太い声だ。

「若殿、というのは、源三郎（げんざぶろう）さまのことですか」

清水源三郎は清水宗治の嫡子である。今は小早川家の人質として、三原城にいる。

だが甚兵衛は答えない。

佐吉はかまわず問いをぶつけた。

「勝った勝った、というのは若殿となにを勝負されたのです」

これにも答えはなかった。

甚兵衛の顔はゆるんでいる。どこか別の世界に入りこんでしまっているらしく、佐吉の声は届かない。瞳はどんよりとして、油でも塗ったかのようだ。

母が父の幻を見ているのと同様、この年寄りも他者が見ることのできない景色を目にしているのだろう。

「ああ、直家じゃな、直家じゃな」

今度は人の名が出てきた。言葉の一つ一つに脈絡がない。直家といえば、佐吉に心当たりは一つしかない。

「直家というのは、宇喜多直家のことでしょうか」

甚兵衛の夢見ているような様子から、無駄とは思ったが、きいてみた。

予期した通り、甚兵衛は酔ったような目をして黙している。

宇喜多直家といえば、その五十三年の生涯で権謀術数を幾度となく用い、ついには備前、美作（みまさか）の二ヶ国の太守に成りあがった男だ。昨年二月にこの世を去ったが、死の直前、毛利から織田へと転じた。

直家の跡は、わずか十歳の八郎が継いだ。宇喜多勢一万は高松城の北に位置する八幡山とその近辺に、羽柴勢の重要な一員として布陣している。兵力は八千とも一万ともいわれている。

「どくどく、そう血もどくどく」

甚兵衛が歌うようにさらに続けた。ずいぶんと生々しい言葉が出てきたものだ。

「宇喜多直家と関係があることかな」

佐吉はつぶやいた。宇喜多直家が誰かを謀殺（ぼうさつ）した際、おびただしい血が流れたことをいっているのかもしれない。

悪名高き武将として知られる直家なら、こういう事例はいくらでもあっただろう。

北原甚兵衛がこれまでの六十年、どんな人生を送ってきたか、佐吉に知る由もないが、直家が人を謀殺した場面を、じかに目にしたこともあったかもしれない。

気づくと、甚兵衛が佐吉をのぞきこむようにしていた。瞳に、先ほどまでなかった険しい光が宿っている。

佐吉は目をみはった。

「直家と関係があるとはなんじゃ」

いきなり厳しい声音でただしてきた。いつの間にか正気に返っている。

唐突にいわれてとまどったが、佐吉は、甚兵衛が口にした言葉を繰り返した。

「なんと――」

甚兵衛が呆然とする。

きいてはいけないことをきいてしまったのか。

思ったものの、佐吉は話を進めた。

「直家というのは、昨年死んだ宇喜多直家のことですね」

深く息をのんだ甚兵衛が佐吉を見つめている。それから、ほうと大きく息を吐きだし、あきれたように首を振った。

「当たり前ではないか。ほかに直家という名で心当たりがあるなら、申してみい」

「いえ、それがしにはありませぬ」

佐吉は素直にいった。

「宇喜多直家が、どうしたとおっしゃるのです」

甚兵衛は佐吉をねめつける。

「あの直家がどうしたかなど、備前、備中の侍なら知らぬ者はおらぬ」

吐き捨てるようにいって、鋭い目であたりをうかがう。

多くの兵がいる。番兵たちだ。いずれも武者走りから湖面を注視し、侵入者がいないか目を光らせていた。

敵味方双方の篝火に照らされて夕暮れどきほどに明るい水面には、人の気配を示すものはなに一つとしてない。ただ、雨が水面を叩いているだけだ。

横顔に眼差しを感じて目を向けると、甚兵衛が佐吉を凝視していた。番兵に負けない強い目だ。

心のうちがおかしくなっていることなど微塵も感じさせない、殺気さえ覚えさせる迫力がその瞳にはあった。

佐吉は甚兵衛を見返した。知らず腰を落とした自分に気づいている。刀にも手を置きたかったが、さすがに自重した。

しばらくにらみ合う格好になった。

「ふん、なかなかできるようじゃな」

甚兵衛が鼻で笑い、潮が引くように目から力を抜いた。それでも、なかなか佐吉から目を離さなかった。

佐吉も、負けずに甚兵衛を見つめ続けていた。

雨がひとしきり激しく降った。

雨が再び弱まったとき、佐吉はようやく緊張を解くことができた。甚兵衛はこの場を去ろうとしていた。

無言で佐吉に背を向けた。雨のなかを歩き去ってゆく。

闇に消えようとしている甚兵衛の両肩は、雨に打たれているせいばかりでなく、心なしか落ちていた。

いま思い返してみると、あのとき甚兵衛が発した殺気は、自分でない自分が話してしまったことの重要さに気づき、佐吉の口封じを考えたものとも思える。

ふと、外から落ち着かない騒がしさが伝わってきた。

佐吉は入口を見やった。

なにかあったのだろうか。

興味をひかれたが、急を要することが起きたような騒ぎ方ではない。

今は黙って、ここに座り続けているしかなかった。

五

難波伝兵衛は清水宗治の弟である。

いま四十過ぎか。歳よりだいぶ若く見える。

やせてはいるが、筋骨はしっかりと張っている。これまで武名は耳にしたことはないが、刀槍のほうも相当に遣えそうだ。

なるほど、宗治の弟だけのことはある。夏の海のようにきらきらと光り輝く瞳は聡明(そうめい)さを放っているし、あぐらをかく姿もどっしりと大きく、岩のような落ち着きが感じられる。

伝兵衛は左衛門と同じく、北原どのにうらみを持つ者に心当たりはない、とゆったりとした口調でいった。

「北原どのは穏やかな男だった。うらみなど買いようがなかろう」

伝兵衛の声は清水宗治に似て、人を惹くものがある。

「さようですか」

佐吉はとりあえず相槌を打った。

「難波どのは、北原どのとはつき合いは長かったのですか」

そうさな、と伝兵衛は答えた。

「もう三十年は超えているか」

「ということは、難波どのは、北原どのの若い頃を知っておられるのですね」

「その通りだ。おぬしはむろん承知しているだろうが、わしはもともと石川の家中だ。北原どのも、そうだったのは存じておるな。北原どのは、幼かったわしをよくかわいがってくれた」

目になつかしげな色が浮かんだ。幸せそうだったが、甚兵衛が今日この世を去ったことに思いが至ったようで、悲しそうに目を床板の上に落とした。

佐吉は、二日前に甚兵衛と会ったこと、そのときの甚兵衛の様子を伝兵衛に詳しく話した。

「北原どのの様子が最近、おかしかったのは知っておった。案じてはおったのだが、わしにはどうすることもできなんだ」

次に佐吉は、甚兵衛が歌うようにしゃべったいくつかの言葉を伝えた。

八朔の件だけは伏せておいた。これはどうしてなのか、自分でもわからない。目付の勘が働いたとしかいいようがない。

きき終えた伝兵衛は、わずかに顔をしかめている。そっと首をひねった。北原甚兵衛の言葉の意味を、心のなかで必死に探っている風情だ。

「うむ、わしにはわからぬな。いったいなんのことやら」

沈黙を破り、伝兵衛がうなるようにいった。

「直家というのは、去年死んだ宇喜多直家のことでまちがいあるまい」

「はい、そのことは北原どのもお認めになりました」

伝兵衛が唇を軽く嚙む。

「直家には、我ら旧石川家中の者はさんざん煮え湯を飲まされた。うらみは骨髄に達しておる。北原どのはそのことを思いだしたのやもしれぬ」

伝兵衛が表情をゆがめた。

「直家ごとき悪行の者、あのような死に方をして当然よ」

佐吉はこの男に似つかわしくない激昂ぶりを眺めつつ、無理もないかと感じた。

昨年二月の宇喜多直家の死にざまは、尋常でなかったといわれている。

それまでの半生で手段を選ぶことなく大身代(しんだい)を得たうらみ、祟(たた)りが腫(は)れ物となって全身にあらわれ、その腫れ物から血がしたたり出て、直家はあまりの苦しさに蛇がのたうつように死んでいったというのだ。

直家が行った謀殺は数限りない。佐吉の頭に刻まれているものだけでも相当なものである。

永禄二年（一五五九）、舅の中山備中守信正を殺し、備前上道郡の沼城を乗っ取った。

同四年、同郡龍ノ口城主穝所元常に刺客を送って殺害した。

同十一年、娘の嫁ぎ先である御津郡金川城を奪い、婿の松田左近将監を殺した。

元亀元年（一五七〇）、重臣金光宗高に謀反の疑いをかけて切腹させ、岡山城を奪取し、ここを本城とした。

二年前の天正八年（一五八〇）には、娘婿でそれまで幾多の合戦で手柄をあげてきた津高郡虎倉城主伊賀久隆を毛利家への内通を疑って毒殺し、翌年にはこれも娘婿の美作英田郡三星城主後藤勝基を謀殺した。

これら以外にも、仇敵を城におびきだして殺したり、難敵を鉄砲で闇討ちにしたりしている。

この、鉄砲で闇討ちした難敵というのは、剛勇を謳われていた備中松山城主三村家親のことである。

家親は、毛利元就に器量を買われた武将である。

天文十年（一五四一）に安芸の吉田城での合戦で尼子に大勝した毛利家の傘下に入るために、備中の三村家親が使者をよこしたとき、これで備中は我が物になった、と元就が大いに喜んだという話が伝わっている。

永禄九年（一五六六）、美作において六千の兵を率いて宇喜多直家と戦いをかわしているとき、家親は備前と津山を結ぶ津山往来沿いの弓削庄というところに、陣を張っていた。

弓削庄には興善寺という古刹があり、そこを本陣として、重臣たちと軍議を行っていたのである。

そこを宇喜多直家に依頼された遠藤又二郎、喜三郎という備前牢人の兄弟によって鉄砲で狙い撃ちされ、命を落とした。

家親の跡は子の元親が継ぎ、岡山に進出してきた直家の備中侵攻を阻止するために、元親は石川久式にここ高松城を築かせたのである。

その後、天正二年（一五七四）に毛利と宇喜多が和睦し、それに不満を抱いた三村元親は織田信長と結んだ。

そのことを知った毛利家による攻撃を受け、さらに宇喜多直家の鋭鋒を避けることができなくなり、天正三年に三村元親は本城である松山城近くの寺で自刃し、ここに三村家は滅んだ。

石川家は三村家の重臣だった。

勝つために、とにかく手段を選ばなかった直家憎しの気持ちは、直家死後の今でも、旧石川家中の者たちには色濃く残っているのだろう。

毛利家中でも、直家を好きな者はいない。毛利と組んでいたときの直家を苦々しく思っていた者は数えきれないほどだったし、三村家を松山城に滅ぼしたことも、直家に乗せられたのではないか、と今となれば思う者も少なくなかった。

織田に鞍替え（くらがえ）してくれてよかったと思っている者も、毛利の不利を承知で、またかなりの数にのぼっている。

ここ高松でも、宗治の宇喜多ぎらいを知らぬ者はいないし、麾下の侍たちも同じ気持ちである。

直家が死んで一年以上たつ今でも、八幡山に陣する宇喜多勢に、高松城内の誰もが嫌悪の目を向ける。

直家の跡継である八郎は、漏れきこえてくるところでは聡明とのことだが、所詮（しょせん）十一歳にすぎない。長ずるにつれ、父の血をあらわにするかもしれない。高松城内の誰もが、必ずそうなるだろうと考えている。

佐吉は、あらためて伝兵衛に質問をはじめた。

「北原どのがいった、若殿、というのは誰を指すのか、心当たりは」

見当はついていたが、確認の意味であえてきいた。

「若殿といえば、三原におられる源三郎さまのことではないかな」

伝兵衛から昂ぶりは去ったようで、顔から赤みは取れていた。穏やかな口調で続ける。

「源三郎さまがまだ才太郎さまと名乗られていた頃から、北原どのはかわいがっていた。源三郎さまも北原どのには、じいじいとなついておられた」

佐吉は、なるほど、といった。

「勝った勝ったまた勝った、はいかがです」

「碁のことではないかな。北原どのは碁がことのほか好きだったゆえ」

伝兵衛が首をひねっていった。

「とは申しても、とても上手とはいえななんだ。ゆえに、勝てて歌いたくなるほど喜んだのではないかな」

「ということは、北原どのは源三郎さまとよく碁を打っていらしたのですね。むろん、源三郎さまがまだこちらにおられたときのことですが」

伝兵衛が少し考えこんだ。

「そういわれてみれば、二人が勝負しておるところは見たことがないな。若殿は碁を打たれるとは思うが」

「石川久孝公が迎えられたというご養子はいかがです。七年前、若くして病死されたとうかがいましたが」

伝兵衛が右の眉(まゆ)を心もちあげた。

「藤松(ふじまつ)さまのことか」

「名は存じあげぬのですが」

「藤松さまがどうかしたか」

「北原どのは、若殿と呼んでいましたか」

「うむ、呼んでおったな。しかし藤松さまが亡くなったのは、わずかに五歳のときだったからな。もともと体の弱いお子でいらっしゃった。久孝公が病に倒れられる前、家臣の家から養子に迎えたのだが、残念ながら一年と保たなかった」

「さようでしたか。お気の毒に」

「だから碁もなにも、甚兵衛が藤松さまに勝った勝ったと喜ぶようなことはなにもないかろう」

佐吉はうなずいた。これは七年前のことを持ちだすための前置きにすぎない。

「七年前の八朔、清水さまは自ら手をくだされ、謀反を起こそうとした長谷川なにがしという武将を討ち取られたそうですね」

伝兵衛がいぶかしげにする。

「確かにそのようなことはあった」

言葉を切り、心のうちを探るように伝衛門が佐吉を見つめる。

「そのことが、こたびの件と関係あるとでも申すのか」

「わかりませぬ」

佐吉は正直に答え、甚兵衛が口にした八朔という言葉を伝兵衛に伝えた。

「ほう、甚兵衛がそのようなことも」

あとにとっておいた佐吉の意図を解したか、佐吉をにらみつけるように一瞥（いちべつ）し、伝兵衛は思案する表情になった。

「八朔といえば、確かに思いだすのはあの日ではあるな」

「その日、なにがあったのですか」

佐吉はすかさず問うた。

「それは、あの日のことを詳しく話せと申しておるのだな」

佐吉の返事を待つことなく、伝兵衛が語りだした。

「造作もないことよ。久孝公の跡を皆に押される形で継いだ殿に不満をいだいた長谷川掃部(かもん)と申す者が一味を語らい、殿を弑(しい)し、高松城主の座を奪おうとしたのだ」

伝兵衛が言葉を切り、わずかに間をあけた。

「それを事前にさとった殿が、ここ高松城で長谷川掃部を討ち果たした。それが七年前の八朔のことよ。祝いの酒を飲ませるということで家臣が総登城したときだった。掃部は、まさか密謀が漏れているとは夢にも思わなんだようだ。登城してきたときの顔色はいつもと変わらなんだ」

伝兵衛は、このときの長谷川掃部の表情まで覚えている。注意して見ていたのだろう。

「難波どのは、清水さまがどうして長谷川掃部を殺害したか、その意図をご存じだったのですね」

「むろん」

伝兵衛と北原甚兵衛は親しかった。甚兵衛も、宗治の意図を知らされていたのではないか。

そして、このときの長谷川掃部殺害の一翼を担うことで、甚兵衛は宗治の信頼を得、清水家中での厚遇を得たのかもしれない。

「北原どのは、清水さまの意図をご存じだったのですか」

佐吉はたずねた。

「いや、知らなんだ」

伝兵衛が言下にいいきった。

「わしは北原どのに話しておらぬ。知る者が多くなればなるほど、秘密は漏れやすくなる。わしはそれを警戒した。北原どのの口がかたいのは百も承知だったが、伝えはしなんだ」

佐吉は目の前の男を凝視した。

「北原どのは本当にご存じなかったのですね」

伝兵衛があきれ顔をする。

「疑り深い男よな。まあ、このくらいでなければ、目付という役目はつとまらぬのだろうが」

伝兵衛が咳払いを一つした。

「北原どのはなにも知らなかった。むろん、掃部殺害にも関わっておらぬ。七年前の八月一日に、北原どのはなにもしておらぬ。このことが、おぬしの最もききたかったことであろう」

　伝兵衛が目を閉じた。

「ふむ、わしが長谷川掃部殺害について北原どのに話さなかった本当のわけをいおうか」

　すぐに目をあけていった。

　佐吉はわずかに身を乗りだした。

「北原どのは、長谷川掃部と親しく行き来をしておったのよ。北原どのに話すことで掃部に漏れる。さすがにそこまでは思わなんだが、わしは万が一を怖れたのだ。ゆえに、こたびの北原どのの死が、あの八朔の一件と関わっているとはとても考えられぬ」

「さようです」

　うなずいて佐吉は体を引いた。

「北原どのは、長谷川掃部が討ち果たされたその場にいらしたのですか」

「おった。居館の広間よ」

　伝兵衛は自らの肩越しに後ろ指を向けた。その方向に高松城主の居館はある。今はむろん清水宗治が住まっている。

「北原どのはいきなりあんな光景を見せつけられて、さぞ驚いたことであろう。北原どのだけではなく、そんなことが行われるなど家中の者のほとんどが知らなんだゆえ、誰もが肝をつぶし、目をむいていた」

伝兵衛が淡々とした口調でいい、一度、目を閉じてから続けた。

「袈裟懸けに斬られた体からは血が流れ、板間は大樽でも倒したかのようにどっぷりと朱に染まった。殿は、血の池に身をひたしたかのように返り血にまみれていた。血刀を手に、まさに地獄の鬼の形相だった。今でもあのときを思いだすと、身震いがとまらなくなるわ」

どくどく血もどくどく、というのはこのときを指すのだろうか。

となると、あの脈絡のない言葉には、つながりがありそうに思える。

「長谷川掃部というのは、いったい何者でしょう」

佐吉は別の問いを発した。

「久孝公の妹婿だ」

伝兵衛があっさりと答えた。

「妹婿ですか。つまり、久孝公の信頼は厚かったわけですか」

「厚かったことは厚かった。常に身辺に置かれていたくらいだ」

気に入りの近臣だったというわけか。

「長谷川掃部は備中の地侍長谷川家の長子で、もとはせいぜい三十人を動かせるほどでしなかった。口のうまい男で、それで成りあがったにすぎぬ。人におだてられ、持ちあげられるのが大いに好きだった。いずれにしろ、人の上に立てる器量ではなかった」

伝兵衛が下唇を湿らせた。

「それがなにを勘ちがいしたか、久孝公、藤松さま亡きあと、高松城主にふさわしいのは自分であると思いこんだのだ」

あきれ果てたというように、首を何度か横に動かした。

「その頃は、やつも家中にそれなりの勢力を養い、動かせる兵も二百を超えていたが、家中の総意は、清水宗治さまが高松城主、ということでまとまっていたし、ご自分の死の一月後に藤松さままで亡くなってしまうことを、もし久孝公がご存じであったら、掃部などではなく、まちがいなく殿を城主として名指しされたことであろうよ」

宗治の弟としては、そう思いたいはずだ。佐吉は続けて問いを放った。

「清水さまの処罰を死という形で受けた者は長谷川掃部一人だけですか。一味を語らった、ということでしたが」

「妻や子を除けば、その通りだ。一族のほうは掃部の企みに関わっていないのがはっきりした者に限って許された。一族と申しても、所詮は成りあがり者だけにたいした数を誇っておるわけではなく、ほとんどの者が関わっておらなんだ」

「妻や子、父、母は」

「皆殺しにした」

伝兵衛は冷たくいい放った。

「武門のならいよ。——ただし、側室は殺すことなく解き放ったし、士卒どもにもとがめは一切なかった」

「掃部の子も殺したのですね」

「おのこはな。一人として逃がさなかった」

伝兵衛が断言した。

「掃部の男子は、全部で七人おった。掃部には三人の側室がおったが、それらを解き放ったのは三人とも石川家中の者の娘だったからだ。正室は自害してのけた。正室も側室たちと同じく石川の家中の娘だったから、死なずともよかったのだが、掃部のあとを追うてしもうた。おのこには死んでもらうしかなかったが、正室まで殺し、無用のうらみを家中から買うつもりはなかった」

伝兵衛が鼻から太い息を吐いた。

「側室ではなかったが、一人身ごもっている女がいた。百姓女だった。掃部の屋敷に奉公していた女で、掃部が殺害されたことを知り、難を逃れる形で里に帰っていた」

「その百姓女はどうしたのですか」

「殺した」

あっさりと、なんでもないことのようにいった。

「殺すしかなかった。やがて生まれ出てくる子を殺す約束を取りつけられればよかったのだが、女がこばんだのだ。産んで育てるといい張った。ならば腹の子ともども命をもらい受けねばならぬ、と脅しつけたところ、女はそれでよいと申した。覚悟は本物で、こちらも本気にならざるを得なかった」

百姓女の命を絶たざるを得なかった事情は解することができたが、それでもむごいな、と佐吉は感じた。

子を産みたいという気持ちは、よくわかる。殺すのは、女が産むまで待てなかったものか。もし生まれてきた子が女の子だったら、と思わずにはいられない。

表情を消して佐吉はたずねた。

「その百姓女の一家も殺したのですか」

「いや、女だけだ」

「その一家は今どうしていますか」

「はやり病で一家全員死んだ」

「いつのことでしょう」

「女が死んだ直後だ」

佐吉は心のなかで眉をひそめた。これもおそらく殺したのだろう。家中の者は許すが、百姓など容赦しないということなのだ。

「その頃、病がはやっていたのだ。藤松さまが亡くなったのもこのためだ」

佐吉の心中など知らぬ顔で、伝兵衛が言葉を継いだ。

「女の家は、一家が死んだあと、火事で焼け落ちたということだ」

惨殺の跡を消し去ったのだろう。

「そういえば、掃部の七人のおのこのなかで、一人だけ寺にだされていた者がおった。側室の子だった。掃部が殺された翌日、はやり病で死んでおった。我らは住職のその言葉を信ずることなく、墓をあばいた。あまりに都合がよすぎたゆえな。墓からは、坊主頭の新しい死骸が出てきた。歳も符合していた。それで、こちらもおのこの死を確信した」

そこまでやったのだ。さすがに徹底している。

「難波どのはずいぶんとお詳しいようですが、指揮を執られたのですか」

佐吉は皮肉をにじませるわけでもなく、平板な口調でたずねた。

「当然だ。汚れ役はわしの役目よ」

伝兵衛が胸を張る。

そうか、と佐吉は気づいた。もし北原甚兵衛が殺されたのが長谷川掃部の絡みだったとしたら、殺されるべきは甚兵衛ではなく、伝兵衛、もしくは宗治でなければならないのではないか。

「長谷川掃部の一族以外でも、掃部の企てに加わった者はいたのですか」

佐吉はさらに問うた。

「もちろんだ」

「その者たちはどうなりました」

「不問にされた」

「それも無用のうらみを買いたくなかったからですか」

「そういうことだな」

「難波どのにしては、ずいぶん甘い気がします。謀反は、これ以上ない大罪ではありませぬか」

「むろん、とことんやればやれぬことはなかった。だが、首謀者がこの世から消えれば、火もまた消える。無理をし、消えかけた炭に息を吹きかけることはあるまい。一味と疑われた者たちも、掃部の強引さに負けたことはわかっていた。しかも殿の立った土はいまだやわらかで、禍根を残すような厳しい処断を行えば、ぼろぼろに崩れかねなんだ」

伝兵衛がいったん言葉を切る。

「その代わり、その直後、家臣全員から人質を取った。それで十分だった。謀反を考える者など、一人としていなくなった。もちろん、殿の人物そのものに心服したことも大きかった」

佐吉は伝兵衛を見つめた。

「難波どのも人質をだされたのですか」

「家臣全員と申した。弟とはいえ、わしも家臣の一人よ」

つまり、例外をつくるわけにはいかなかったということだ。七年前の宗治の立場の危うさをあらわしているといえるのか。

それにしても、これまで七年前の八朔のいきさつをきいてきたが、すべてを伝兵衛から引きだせたという気はしていない。まだ裏があるのではないか。

だが、今のところ手に入れられるのはこのくらいだろう。

佐吉は方向を転じた。

「清水さまには、北原どのの死に関してご存じのことはないでしょうか」

「さて、どうだろうかな」

伝兵衛が頭をかしげる。

「もしや、北原どのの一連の言葉の意味もおわかりになるのでは」

「それはなかろう」

「会わせていただけませぬか」

佐吉は頼んだ。

「無理だな」

伝兵衛の口から出てきたのは、拒絶だった。

「なにゆえですか」

「いま殿は話をきける状態ではないからだ」

「清水さまはまだ北原どのの死を」

引きずっておられるのですか、という言葉はのみこみ、別の言葉を探した。

「嘆き悲しんでおられるのですか」

「悲しんでおられるのはまことだが、そういうことではない。安国寺(あんこくじ)どのがまいられておるのだ」

　安国寺恵瓊(えけい)。毛利家の使僧である。

「では湖水を渡って」

「ああ、舟をつかって先ほどまいられた」

　これまで何度も恵瓊はこの城に来ている。だが、城がここまで水に浸かった状態になって足を運んだのは初めてだ。

　ということは、羽柴と毛利とのあいだに和議が成ったのではないのか。

　僧侶が使僧として大名のあいだの交渉を受け持つのは、よくあることだ。

　僧侶は無縁の者として、関所も自由に通り抜けられる。俗世とは一切、縁を切っているということで、中立であると認められるのである。

　それでも、湖水を渡るのを羽柴秀吉が許したというのは、やはり和議が成ったからではないのか。

　さっき外が騒がしかったのは、このせいだったのか。伝兵衛に長いこと待たされたのこれが理由だったのではないか。

「今も、居館においてお二人で話しこまれている」

伝兵衛が説明する。

「開城ですか」

佐吉はずばりときいた。

伝兵衛は答えなかった。しかし悲しみがよぎったような顔がすべてを物語っているような気がした。

おそらく、鳥取城と同じように城主の首と引き換えに城はひらかれ、城兵は助かるのだろう。それで毛利本軍は兵を引く。

しばらく伝兵衛は目を床板に向けていた。大きな蟻(あり)が這(は)っていた。水を逃れてきたのだろう。蟻にとっても、こたびの水攻めは難儀なものなのだ。

伝兵衛が昂然(こうぜん)と顔をあげる。

「開城はせぬ」

断固とした口調でいった。

「まことでしょうか」

佐吉は驚いてきき返した。

「殿がそうおっしゃっているゆえ、まちがいあるまい」

せておられる」

「負けておらぬのに、どうして開城せねばならぬのか、と戦意を水のようにしたたら

「清水さまが」

北原甚兵衛の死骸を目の当たりにしたときの清水宗治の顔がよみがえる。あれだけ憔悴(しょうすい)していたが、それは甚兵衛の死を目の当たりにしたゆえなのか。戦う気持ちはこれっぽっちも失ってはいなかったのか。

確かに、それでなければ備中一の侍などと呼ばれることはないだろう。この戦意の旺盛(おうせい)さこそ、その名で呼ばれるにふさわしい。人がついてゆくというものだ。

伝兵衛がまた居館のほうにちらりと目を投げた。

「安国寺どのの説得は、難航しているのだろう。当然のことよ」

佐吉の視野にまた蟻が入ってきた。先ほどの蟻とはちがう色をしている。蟻にもいろいろ種類がいる。この城にも、同じようにいろいろな者たちが入っている。清水宗治のもと、一枚岩では決してない。

「なんといっても、羽柴勢とはまだろくに戦っておらぬ。これまで戦ったのは、宇喜多勢ばかりよ。外様ゆえに先鋒をつとめさせられておるが、やつらとはこれまで何度も手合わせしておるゆえ、なんの目新しさもないわ。羽柴勢とやり合えるこれからが

もっとおもしろくなるというのに、ここで開城など、この城に籠もった甲斐がない」

それについては佐吉も同感である。だが、その思いを抑えていった。

「しかし、籠城も一月に及び、五千もの人数が入っているために、飯を炊く薪の調達にも難儀している始末。その前に、兵糧もほとんど尽きかけております。いつまでも籠城はできませぬ」

「ならば打って出ればよい」

「どういう手立てをもってでござろう」

「いま城内には、多くの筏を浮かべている。あれが水を避けるためだけのものであると、おぬしは思っておるのか」

佐吉は、筏がどのくらいあるか、頭に思い描いた。

水に完全に浸かって入れなくなってしまった兵舎を壊し、筏をつくった。その数は、およそ五十。一つの筏に二十人は乗れよう。となると、全部で千人。少ないといえば少ないが、千人が一気に打って出れば、毛利の援軍も黙っていまい。

まちがいなく大きな合戦になる。

「わかったようだな」

伝兵衛が佐吉の表情を見、深いうなずきをみせた。

「殿には、北原どのの言葉を申しあげておく。殿がご存じのことがあれば、おぬしにきっと知らせよう」

約束する、と伝兵衛が強くいった。

佐吉としては、これで引き下がるしかなかった。

「ああ、それから」

辞去の言葉を口にした佐吉を引きとめるように伝兵衛がいう。

「北原どのの言葉、おぬしのほかに耳にした者はいるか」

「おりませぬ」

はっきりと答えた。

「ならば心にとどめておき、軽々しく口外せぬがよかろう」

佐吉は伝兵衛を見つめた。やはりこの男はなにか知っているのではないか、との思いが舞い戻ってくる。

「どうした」

黙りこんだ佐吉に伝兵衛がきいた。

「いえ、なんでもありませぬ」

佐吉は頭を下げた。

「では、これにて失礼させていただきます」

体をひるがえし、佐吉は膝を立てた。

六

高松城には、北原甚兵衛のせがれも入っている。

佐吉は、このせがれに会っておく必要もあった。せがれしか知らない父のことを知っているかもしれない。いまも遺骸に付き添っているのだろう。

佐吉は北原甚兵衛の死骸が置かれた兵舎に向かおうとした。

ふと騒ぎがきこえた。

安国寺恵瓊が居館を出てきたのかと思ったが、そうではなかった。居館の入口には数十人の武者がいて、がっちりと警固している。居館のまわりにも多くの武者が配置されていた。

いずれも、清水宗治の馬廻り（うままわ）の者たちだろう。さすがに一騎当千という雰囲気を身に色濃くたたえている。目つきを鋭くし、近寄ってくる者たちに厳しい眼差しを当てていた。

馬廻りの者たちも、騒ぎのほうに目を向けていた。

てめえ、謝りやがれ。なにもしていねえって、さっきからいってるだろうが。謝れば許してやる。だから、どうして謝らなきゃならねえんだ。てめえ、謝らねえのか。謝らねえ。てめえ、ぶっ殺してやる。ふん、おめえなんかにやれるかよ。よし、やってやろうじゃねえか。

そんなやりとりが耳に届いた。兵たちの垣ができており、その向こうで騒ぎが起きている。

「喧嘩らしいな。ふむ、ここは目付の出番だろう」

佐吉は独りごち、騒ぎに向かって歩みを進ませた。このあたりは水がほとんどきていない。水を歩かずに済むというのがこれほど楽というのは、初めて知った。

「どうした」

兵たちの垣を割って、佐吉は顔をのぞかせた。

二人の雑兵が、わずかに湿っている地面の上を、組み合って転げまわっている。二人ともすでに泥だらけだ。まるで子供同士で戯れ合っているように顔を真っ黒にしている。

やはり気持ちが苛立っておるのだな。

佐吉は二人のそばに寄った。

一人がもう一人を組み伏せることに成功した。馬乗りになり、がら空きの顔面に向かって拳を振るおうとした。下になった男が観念したように目を閉じる。

「よせ」

佐吉は、振りおろされる寸前の腕をがっちりととめた。

「邪魔するねえ」

男が佐吉に目もくれずに叫び、手を振り払おうとする。

「こいつをぶっ殺さねえと、俺の気がすまねえんだ」

「いや、そういうわけにはいかぬ」

佐吉は穏やかにいった。

「喧嘩を目の当たりにして、目付としては見すごしにできぬ」

男が驚いたように振り向く。

「お目付――」

「ああ」

「これは、すみません」

男が薄笑いを浮かべて謝る。

「喧嘩なんかじゃありませんよ。ちょっとじゃれ合っていただけですから。——なあ」

下の男に同意を求める。

「ええ、その通りですよ」

下の男が激しく顎を上下させる。

「じゃれていただけです。なにしろ退屈なもので」

そうか、と佐吉はいった。

「二人とも立て」

一人がもう一人の上からすばやく降りた。二人は立ちあがり、佐吉の前で背筋を伸ばした。

「今日は不問に付すが、次にやったら、首を刎ねる。戦陣において喧嘩狼藉は法度だということを、肝に銘じておけ」

「はっ、申し訳ございません」

二人が同時に頭を下げる。

「なにゆえじゃれ合っていたんだ」

下になっていた男が、手振りをまじえて説明をはじめた。

「こいつが俺の足を踏んだんです」

「だから、俺は踏んでねえっているだろう」

「踏んだんだ」

「踏んでねえよ」

二人がにらみ合う。

「またはじめるつもりか」

「いえ、とんでもない」

「そんな気はありません」

二人が口々にいう。

こんなつまらぬことで喧嘩になってしまう。城内の苛立ちは、目一杯のところまできつつある。

苛立ちだけではない。このあとどうなるのか、誰もが不安でならないのだ。兵糧も尽きかけているのに、これからどうなるのか。鳥取城のように、飢え死なんてことになるのではないか。

飢えて死ぬというのは、どんなに苦しいことなのか。そんなのはいやだ。生きてこの城を出たい。

佐吉は二人を見つめた。

「よし、信ずるぞ。二度とじゃれ合うような真似はするな」

「承知いたしました」

二人が声をそろえた。

「よし、行け」

二人の雑兵が肩を並べて遠ざかってゆく。助かった、というように二人とも小さな笑みを浮かべ合っている。

佐吉がまわりに厳しい眼差しを放つと、見物に集まっていた兵たちも、もう終わりか、つまらないな、といいたげに散りはじめた。

それらを見送ってから、佐吉は左手に見えている兵舎に行こうとした。

ふと目を感じた。三間ほど離れたところから、会釈をする者がいた。

「徳蔵ではないか」

佐吉は驚いた。高松城に入城するとき、鉄砲で命を狙われ、身代わりに愛馬が死んだ。横倒しになった幸風の下敷きになり、足をはさまれた佐吉を助けてくれた男である、徳蔵が目の前に小走りにやってきた。

「城に入っていたのか」

「はい、ほかの百姓衆と同じように、手前も清水さまをお慕いしているものですから。手前の村はちと遠いものですから、この城に入ったのはほんの二、三人なんですけどね」

「よく思い切ったな」

「はあ。清水さまをお慕いしているのは事実なんですけど、お城に入れば飯がたらふく食べられるのが、一番なんですよ」

「しかし、それも最近では腹一杯食べるなど、できぬだろう」

「そうですね。このところずっと腹は空きっぱなしですよ。手前と同じで、意地汚いことを考えて入ってきた者もまた多いものですからね。この城に五千という人数は、いくらなんでも多すぎますよ」

その通りだ。すさまじい勢いで兵糧は減っていった。城の窮状の進み具合は、驚くほど速かったのである。

「今はどうしておるのだ」

佐吉は徳蔵にたずねた。

「はい、二ノ丸の守備についております」

二ノ丸は、三ノ丸と本丸のあいだにある曲輪だ。それぞれの曲輪とは、狭い浮橋でつながれている。万が一の際は、すぐに落とせるようになっていた。

「足のほうはいかがですか」

徳蔵が気遣っていう。

「もうよくなった。おぬしのおかげだ」

「いいえ、手前はなにもいたしておりません」

「そんなことはない。徳蔵、なにか困ったことがあれば、いってまいれ。俺は本丸におるゆえ」

「はい、ありがとうございます」

徳蔵がぺこりと頭を下げる。

ではな、といって佐吉は歩きはじめた。雨は相変わらず、しとしとと降り続けている。足元のぬかるみは、先ほどよりひどくなったようだ。小鳥の群れが空を横切ってゆく。羽ばたきが耳を打つ。東側の森に鳥たちは消えていった。

何人かの兵がうらやましげに見ていた。佐吉が見やると、はっとしたように目を落とし、ばつが悪そうにそそくさとその場を歩き去った。

羽がついておったらか。

気持ちはわからぬでもない。清水宗治に忠誠を誓い、最後まで運命をともにする覚悟を決めている兵も多いが、一刻も早くこの城を逃げだしたいと考えている者もまた少くないのだ。

佐吉はやや小さめの兵舎の前に立った。入口から半身を入れる。

六畳ほどの広さの土間が広がっている。

端に棺桶が置かれていた。

すぐそばの床几に、一人の武者がうなだれて座りこんでいた。腰の位置がだいぶ落ちている。かなり疲れている様子だ。兜を小脇に抱えていた。

ほかに人はいない。土間はがらんとしていた。かび臭さが濃く漂い、香のにおいも混じり合っている。最近では、海を越えて明国から、線香というものが伝えられたときいている。

だが、佐吉は一度も目にしたことがない。

毛利家では、長門、周防の太守大内氏が盛んに行っていた明との交易を引き継いでいる。というより、大内氏の実権を握っていた陶晴賢を毛利元就が戦って討ち取り、その後、大内氏を滅ぼしたのは、明との交易こそが狙いだった。

毛利家は、山陰の大大名である尼子氏を滅ぼしているが、それも石見銀山や良質な鉄を手に入れるためだった。

「北原甚右衛門どのか」

佐吉は声をかけた。

武者がぼんやりと顔をあげた。

「さよう。おぬしは」

佐吉は名乗った。

「お目付どの……」

一瞬、いぶかしげにしたが、甚右衛門はどういう用件か、即座に覚ったようだ。

「父上の件ですな」

「さよう」

土間の先には板敷きの間がある。こちらはかなり広く、二十畳はありそうだ。

「こちらに」

甚右衛門が佐吉を板敷きのほうにいざなう。佐吉は素直にしたがった。

二人は向き合って座った。甚右衛門が兜を横に置く。

甚右衛門は、ふだんは二ノ丸につめている。三十半ばといった風情で、顔や体つきは父親に似ていた。

佐吉は悔やみをいった。甚右衛門は小さく頭を下げた。

ときを無駄にはできない。佐吉はすぐに切りだした。

甚右衛門にも、父親が遺恨を持たれるような心当たりはなかった。

「父上は若い頃は勇猛で、数え切れないほどの手柄を立てたそうにござる。だが、その頃のことが今となってうらみとしてあらわれるとは思えませぬ。それをいうのなら、それがしも相当のうらみを買っていることになりましょう」

確かに、甚兵衛の血を受け継ぎ、相当、腕が立ちそうだ。父親以上に手柄を立てているかもしれない。

「しかし、これまで意趣返しめいたものは一度も受けたことはありませぬ」

「昔のことではなく、甚兵衛どのが最近、うらみを買ったようなことはありませんでしたか」

甚右衛門が黙って首を振る。

「北原どのは、甚兵衛どののご様子が妙だったことは」

甚右衛門が悲しげな顔をあげ、逆にきいてきた。

「お目付どのは知っておられたのか」

佐吉は、おととい三ノ丸の端で甚兵衛と会ったことを教えた。

「そうでござったか。あそこは父の気に入りの場所でござってな。まあ、父と会っておられるのであれば、おかしかったことを隠すすべはござらぬな。六十をすぎてあのようなざまとなり、腕の衰えもあって、それがしは城に入るのを強くとめたのです」

そうだったのか。心のなかで佐吉は相づちを打った。

「しかし、本人はどうしても殿と一緒に戦いたいと、まるで幼子が駄々をこねるように申しました。殿の許しが得られるのなら、とそれがしが譲歩したところ、父上は本当に殿を押しきってしまったようにござる。殿には、決して城には入れぬよう頼んでおいたのでござるが」

「さようにござったか」

佐吉はうなずいていった。

「甚兵衛どの様子がおかしくなったのは、いつ頃だったのですか」

甚右衛門がぎゅっと唇を噛み締めた。

「かれこれ半年ほど前にござろうか」

「それ以前に前触れらしいものは」

甚右衛門がかぶりを振った。

「前触れとかそういうものではなく、とある一件がきっかけでござった」

「ある一件といわれると」

「馬から落ちたのでござる」

甚兵衛は六年前、ようやく家督を甚右衛門に譲り、隠居した。若い頃から斗酒を辞さぬほどだった酒は、隠居暮らしでさらに増えた。

半年ほど前、甚兵衛は野駈けに出かけ、帰路、落馬した。木から落ちてきた蛇に驚いた馬が竿立ちになったのが原因だった。

馬から振り落とされた甚兵衛は頭を強く打ち、気絶してしまった。

馬は上手といえるほどの腕前だったが、それまでの過度の飲酒のせいか、腕に震えが出てきており、そのために馬を御しきれなかったようだ。

甚兵衛は三日のあいだ、目を覚まさなかったという。

「正直、覚悟しもうした」

甚右衛門が佐吉に告げた。

四日目に甚兵衛はようやく目をあけ、話をすることもできるようになった。一安心だったが、それからおよそ五日後にあのような状態になったという。

甚兵衛が悲しげに目を落とす。

「話し方は幼子のようで、昔の思い出話や若い頃の武勇伝をぶつぶつとつぶやくようにもなりもうした。自分がいま口にしたばかりのこともわからなくなっており、問い返すと激怒するようなこともあって、まったく始末に負えませんでしたな」

問い返すと激怒するというのは、おとといと同じだ。

「それでも、三月ほど前までは正気でいるほうが多かったのでござる。しかし、この城に入ってからはおかしいときのほうがはるかに多く、まるで赤子に返ろうとしているようでござった。あの厳しかった父が、と思うと、それがしは辛うて辛うてならなかった」

このあたりは、佐吉の母に対する思いと同じだ。

佐吉の母の耄碌は、およそ一年前にはじまった。

母は若い頃は口もとにやさしい笑みを絶やさない、なにごとにも一歩引いているような控えめなたちだった。

もともとあまり得意でなかった人づき合い、他出は年を経るにしたがって少なくなり、口数も極端に減っていったのが最初の変化だったように、佐吉は記憶している。次に物忘れが来て、それは徐々に増えていった。

やがて、それは波が大きく盛りあがってゆくように激しさを増してゆき、佐吉が高松城にやってくる二月前、母はとうとう自分のせがれが誰であるかさえ、わからなくなってしまった。

　これまでは飯や用便だけが問題であり、それでも佐吉たちには十分すぎるほどの重荷ではあったが、母はついに佐吉を見知らぬ他人の列に加えてしまったのだ。

　それだけでなく、七年前の父の死もわからなくなってしまった。

　ときおり誰もいないところに向かって幸せそうにほほえみ、なにかやさしげな口調でつぶやいているのは、まちがいなく父に語りかけているのだった。

　佐吉もまいっているが、水穂のほうがはるかに疲れている。

　水穂は、これまで一言も弱音を漏らしたことはない。このあたりは父の左衛門譲りの強さだろう。

　佐吉自身、感謝以外の言葉はなかった。いつも水穂をいたわろうという気持ちでいる。

　母は食事を与えてもらい、厠（かわや）の世話もしてもらっているせいか、ときおり赤子のようにに駄々をこねることはあっても、おおむね水穂のいうことをきく。

　それで水穂の負担が減るわけではないし、母に水穂が誰かわかっているとも思えない。母にこういういい方をしたくはないが、犬が餌をくれる飼い主になつくのとたいして変わらないようにすら思えてしまう。

一日中、目を離せないというのも、水穂には相当の忍耐を強いるはずだ。佐吉がそばにいればまたちがうのだろうが、今は望むべくもないことだ。

「どうかされましたか」

甚右衛門が、物思いに沈んだ佐吉を心配そうに見ていた。

「いえ、なんでもありませぬ。失礼いたしました」

佐吉は強くうなずいた。

「親父どのは、夜は二ノ丸の宿所ですごされておられたのですか」

問いを再開した。

「ええ、それがしと一緒に」

「昨夜もそちらで」

「ええ、それがしの隣でよく眠っておりました」

「昨夜、おそらく夜明け前のことだと思うのですが、宿所を出ていったことはご存じですか」

甚右衛門が恥ずかしげに面を伏せた。

「申しわけないことにござる。気づきませんでした」

肩をがくりと落とす。

「いや、謝る必要などござらぬ」

「しかし、なんと申しても夜になると一人出歩くこともたびたびあり、それがしは目を離さぬよう心がけていたのに、昨夜に限りあのような仕儀となってしまい、父にも申しわけなく思っているのでござる。もしそれがしが目を離さずにいたら、父は死なずにすんだのかと思うと」

　甚右衛門は涙目になっている。

「母上からも、くれぐれも頼みますといわれておりましたのに……。それがし、城を無事に出られたとしても、母上に合わせる顔がございませぬ」

　甚右衛門は下を向いたまま、深いため息をついた。唇を強く嚙んでいる。

「いいわけがましくきこえましょうが――」

　ふっと顎をあげた。

「昨晩、父は久方ぶりに酒を口にし、いびきもかかずにすやすやと眠っておりました。まるで赤子のようにござった。それで、それがしも安心し、朝までぐっすりと眠りこんでしまい申した。父が死んだことを知らされ、飛び起きた次第にござる」

　甚右衛門が熟睡したというのは、これまでの疲れが一気に出たこともあったのだろう。籠城だけでもつらいのに、父の面倒もみなければならなかったのだ。

佐吉は口を開いた。

「番兵が、甚兵衛どのがあげたと思える声をきいております。その声をきいたのは、夜が明ける四半時ほど前にござる。人に会うには、ちと早すぎる刻限ですが、親父どのが誰かと会う約束をしていたと、おききになってはおられぬか」

甚右衛門が力なげに首を振った。

「いえ、そのようなことはなにも」

「誰かに呼びだされたようなことは」

「もし呼びだされたとしたら、いくら寝入ってしまっていたとしても、それがしは必ず気づいたものと存ずる」

やや強い口調でいった。

それはそうだろうな、と佐吉は思った。つまり甚兵衛は自らの意志で宿所を抜けだし、二ノ丸の兵糧蔵の陰に行ったのだ。

人と会うためだったのは、まずまちがいない。それが下手人だったのか。

それにしても、なんのために会いに行ったのか。他聞をはばかる話だったのか。

だからこそ、未明の兵糧蔵の陰という人けのまったくない場所が選ばれたのか。

あるいは下手人は、これも一人なのか二人以上だったのかいまだにわかっていないが、はなから甚兵衛を殺す気でそういう刻限と場所を選んだのかもしれない。

下手人は、甚兵衛と顔見知りと考えていいのだろうか。

これで少しだけ、佐吉はしぼれた気になったが、考えてみれば、宗治の信頼が厚い六十一歳の老臣にとって、清水家中は知り合いばかりだろう。

城内にいる千人余りの百姓にしても、清水宗治を慕って入城している以上、甚兵衛と親しくしていた者もいるにちがいない。

しかし、甚兵衛は、うぬは何者だ、という声を放っている。うぬごときにやられはせぬぞ、とも。

これらの言葉の意味するのはなんなのか。あるいは、母と同様、知り合いを見知らぬ者にしてしまったのか。

佐吉は新たな質問をした。

「最近、甚兵衛どのと会った者を覚えておりますか」

甚右衛門がしばらく考える。

「家来ども以外では、昨日の昼、我が殿が宿所を訪ねてこられました。難波さまもご一緒でござった」

佐吉は内心、勢いこんだ。

「清水さまが難波どのとともに宿所にいらしたのか。甚兵衛どのと、どのようなことを話していましたか」

甚兵衛が頭をかしげる。

「いいえ、特にこれといって耳を惹くようなことはござらなんだ。お二人は、ただ父を案じて、わざわざおいでくだされたようにござった。父も昨日は昔のような穏やかな顔で、にこにこと殿と話をしておりました。それがしも久しぶりの父の笑い顔がことのほかうれしく、話の邪魔をせぬようにしておりもうした」

甚兵衛はにこやかに笑っていた。別に物騒な約束をかわしていたわけではないということだろう。

「お二人は、四半時ばかりで出ていかれた。父は寂しそうにござった」

「そのお二人のあとは」

「別に客らしい客はありませんでした。日暮れ間近になって父は三ノ丸の気に入りの場所にまた出かけもうした」

「それは一人で」

「ええ、いつも一人でした。それがしも三度ばかりつき合いましたが、別段おかしなことをするわけではないのは、わかっていましたから」

「そのとき誰かと会ったようなことを甚兵衛どのはおっしゃっていましたか」

甚右衛門が首を横に振った。

「いえ、そのようなことはなにも」

佐吉は、今から話すことは口外せぬようにきつくいってから続けた。

「おととい、それがしとお会いしたとき、甚兵衛どのは次のような言葉を口にしておられた。おわかりになることがあれば、教えてほしいのです」

佐吉は伝兵衛の禁を破り、甚兵衛の口にしていた言葉を話した。

きき終えた甚右衛門が首をひねった。

「父上は、確かに切れ切れになって出てくるわけのわからぬことをぶつぶつとつぶやいてはいましたが、それらは初耳ですね」

「初耳ですか」

佐吉に落胆はない。だがこんなことは目付の調べとしては、当たり前のことにすぎない。すぐに次の問いを発した。

「わけのわからぬ言葉をつぶやいていたといわれましたが、甚兵衛どのはどんな言葉を口にされていたのですか」

甚右衛門の唇から言葉が滑り出た。

「金よ金、これで城持ちよ、さぞ痛かったろうな、すまぬすまぬ、やれるぞやれる、すごいのうさすがじゃのう、兄がなんじゃ、あんなのはよそ者よ、血はつながっておらぬ」

甚右衛門が言葉を切った。

「確かこんなところでござった」

佐吉は今の言葉の群れを、頭のなかでもう一度、繰り返してみた。

誰かをたたえ、感嘆しているようにもきこえるし、かと思えば謝っているようにもきこえる。

なんのことかさっぱりわからないが、ただ、なんらかの意味はありそうに感じられた。三ノ丸で甚兵衛からきいた言葉とも、つながりがあるのかもしれない。

いや、ないと考えるほうがおかしいだろう。

「甚兵衛どのに兄上はいらっしゃいますか」

気にかかっていた事柄をきいた。

「一人おりましたが、もう三十年以上も前に討ち死しています。それがしが幼い頃のことにござる」

「よそ者というのに心当たりは」

「さあ、さっぱりにござる」

佐吉は少し考えた。

「北原どのは最近、身辺になにかおかしいと思えることはありませぬか」

甚右兵衛がぎくりとする。

「それは、それがしにきいていらっしゃるのでござるな」

「さよう」

甚兵衛だけへのうらみではなく、北原一族への遺恨ということも、考えておかなければならない。

甚右衛門が眉を曇らせた。

「ではお目付は、次はそれがしであるとお考えになっているのでござるか」

佐吉は穏やかに首を振った。

「そうではござらぬ。ただもしや、という意味でうかがっております」

「さようにござるか」

甚右衛門がうつむく。

「いえ、それがしの身辺に、おかしいと思えるようなことはなにもありませぬ。このように湖水に囲まれ、この先どのような仕儀になるのか、そのことばかりに気がいってしまい、自分のことまで気がまわらなかっただけのことかもしれぬが」

佐吉はうなずき、話を転じた。

「七年前、この城で行われた長谷川掃部の手討ちをご存じですか」

甚右衛門がやや面食らった顔をした。

「ええ、存じておりもうす。たいへんな騒ぎになりもうしたゆえ」

答えながら、なぜこの目付はそんなことをきくのだろう、とその顔は語っていた。

「長谷川掃部の死に、甚兵衛どのが関わっていたようなことをきいたことはござらぬか」

さすがに甚右衛門は、意表をつかれたようだ。

「いえ、ありませぬ」

「確かですか」

佐吉は念を押した。

「と思いますが。掃部どのの死に父が関わっていたという話は、一度も耳にしたことはありませぬ」

気を悪くするでもなく甚右衛門はいった。

「さようですか」

佐吉はまた問いの方向を変えた。

「甚兵衛どのと親しかった人はどなたでしょうか」

「難波伝兵衛さまにござる」

甚右衛門が即答する。それはきかずとも佐吉はわかっていた。

「難波さまには、父がおかしくなってからも、変わらずつき合っていただきもうした」

もう一度あの男に会わねばならぬか。

佐吉はちらりと思った。

「ときにお目付」

甚右衛門がわずかに語調を変えて、いった。うかがうような目をしている。

「安国寺どのがまいられたそうですが、なにかご存じでござるか」

眉根を寄せて佐吉は首を振った。

「いや、そのあたりのことはなにも知りませぬ」

「さようにござるか」

甚右衛門は残念そうだ。城内で噂されているように、本当に和議が成るのか、気にかかってならないのだろう。

生きるか死ぬか、それで決まる。覚悟を決めてこの城に入っているといっても、やはり生きて城を出たいというのが、誰もが考えていることだろう。命あっての物種というのが本音なのだ。

佐吉は甚右衛門に、長々とつき合ってくれたことを謝し、立ちあがって甚兵衛の棺桶の前に立った。ひざまずき、静かに手を合わせた。

外に出た。雨は相変わらずしとしと降っている。

空を仰ぎ見た。厚い雲に隠れているとはいえ、今日は日の位置を把握することができた。時刻は、巳の初刻（午前十時）をまわったようだ。

雨に濡れるのもいとわず車座となり、さいころを転がしている城兵たちの姿がいくつも見受けられる。

また喧嘩にならなければいいが、と思うが、博打でもしないと、なかなか気が休まらないのだろう。

この家中屋敷という曲輪にいる分には、水に濡れることはない。

博打の輪の一つが、甚右衛門の家来たちであることに、佐吉は気づいた。

佐吉は声をかけた。

甚兵衛が最も信頼を置き、何度もともに激戦をくぐり抜けてきたという古株の武者には特に詳しく事情をきいたが、得られるものはなかった。

　ふと目を感じて眼差しを向けると、また徳蔵が佐吉を見ていた。なにか話したがっているように見えた。

　どうした、と声をかけ、足を進ませようとしたら、すいと動いて雑兵の群れの陰に隠れた。

　なんだ、どうしたのだ。

　徳蔵のことは気にはなったが、佐吉はその場をあとにした。

　不意に空腹を感じた。力が体に入らないような気がする。

　考えてみれば、今日は起きてからなにも腹に入れていない。

　本丸の宿所に行くしかなかった。兵糧はだいぶ心許なくなっているとはいえ、握り飯くらい食わせてもらえるだろう。

　家中屋敷から本丸まで行くのは、少し面倒くさい。家中屋敷の南側に位置する、蓮が覆い尽くしている池の向こうに本丸はあるが、橋はつながっていないのだ。

　家中屋敷と地続きになっているのは、三ノ丸である。

　三ノ丸と家中屋敷は、半円の形をしてつながっているのである。半円の中央が丸く切り取られ、そのなかに抱かれるようにして二ノ丸と本丸が南北に並んでいる。

佐吉は本丸と二ノ丸を右手に見つつ、三ノ丸につながる道を南に向かって歩いた。ほぼ正面に羽柴秀吉が陣する石井山が望める。斜め後方には、弟の羽柴秀勝や浅野長政の陣が眺められる。

途中から小舟に乗せてもらった。舟はいきなり本丸の入口についた。本来なら浮橋が架かっているところだが、水に隠れてしまっている。

舟はこういうところがいいな。

のんびりとそんなことを思った。

礼をいって舟を離れ、本丸内の宿舎に入った。

世話をしてくれている武者にきくと、握り飯ならあるというので、それを一つだけもらった。

それを食べてようやく人心地がついた。

佐吉は宿舎を出て、北に歩み寄った。

家中屋敷にある居館では、恵瓊と宗治の会談がまだ続いているようだ。

和議の条件をつめているのなら、長引くのはむしろ当然だろうが、果たしてそのことを話し合っているのか。

難波伝兵衛がいっていたように、宗治が徹底して戦うことを強く口にしているのではあるまいか。

腹を切って城兵が助かるのなら、宗治は喜んで自らの命を絶つだろう。

だが、今のままでは武辺を上方の軍勢に知らしめたとはいえない。

どうせ死ぬのなら乾坤一擲(けんこんいってき)の戦を挑み、その上で討ち死したいと考えているのではあるまいか。

それは、武者として当たり前のことだ。城兵のために自裁するのはたやすい。そのこと自体、名誉なことで、後世に名が残るかもしれない。

だが、武者としてどれだけやれるかを敵に知らしめないうちに死ぬなど、やはり無念でしかないのではないだろうか。

俺だったらどうだろう。城兵を救うためにだけ腹を切れるか。

――無理だ。

俺なら死ぬと決まったら、一人でも打って出て、殺せる限りの敵を道連れにしてから死ぬ。

これしかないような気がする。

七

さて、これからどうするか。

しばらく考えたが、いい思案は浮かんでこなかった。

ほかに手もないか。

佐吉は、北原甚兵衛と会った三ノ丸に向かうことにした。

再び舟に乗せてもらう。二ノ丸の横を通りすぎ、三ノ丸に出た。

三ノ丸のほうが本丸や二ノ丸よりだいぶ低くなっている。もう腰のあたりまで水はきている。これではまともな籠城などできるはずがない。

土塁脇の武者走りにあがり、湖面を見渡した。武者走りも水にすっぽりと覆われてしまっていた。佐吉は、膝の高さまで浸(つ)かっている。

見渡すと、やや濁った水のなかに魚の群れがいくつも見えた。投網でもあれば、いくらでも入るのではないか。

それにしても、ずいぶんと見馴(みな)れた風景になってしまったものだ。正面に見える石井山は、静まり返っている。

敵の本陣だけにおびただしい兵があの山にはいるはずだが、本当に大軍がおさまっているのか疑いたくなるほどだ。

堤上にいる兵もはっきり見える。相変わらずの物々しい警戒ぶりが伝わってくる。昼だからといって、そして使僧が城に入っているからといって、決して気はゆるめていないのだ。

そこに羽柴勢の士気の高さが見て取れるし、羽柴秀吉という武将が兵に対して、どんな教えやしつけをしているかも、はっきりとうかがえる。

横から人影が近づいてきた。佐吉は目を向けた。

徳蔵である。

あらためて見ると、ひどく粗末な具足を身につけていた。紙でないだけまし、といったところだ。

「なにか話したがっておったが、ちがうか」

佐吉は声をかけた。

「ええ、その通りでして」

徳蔵はほっとしている。

「なぜ先ほど話さなかった。他聞をはばかることなのか」

徳蔵が小ずるそうな笑みを見せた。

「北原さまのご家来衆すべてがご存じなのに、わざわざ口にするほどのことではないと判断された事柄があるのですよ」

「ほう。おぬし、どうしてそのようなことを知っている」

「このあたりは手前の生まれ育った土地ですから、いろいろと耳に入ってくるものなのでございますよ」

「高松城からは、遠いようなことを申していたが、おぬしはどこの出だ」

「はい。門前村（もんぜんむら）の出にございます」

門前村というと、城から戌亥の方角にある村だ。羽柴秀吉のつくりあげた堤は、門前村近くで足守川の流れをとめている。門前村の田植えを終えたばかりの田は、水に没している。

「そんなに遠くはないではないか」

「そのようなことはございません。ここから一里（約四キロメートル）はありますから」

徳蔵がいい張る。

佐吉は目の前の百姓男をじっと見た。やはりどこか油断できない感じがある。最初に会ったとき、自分のことを知っているのではないか、と思ったが、そのときのことがよみがえってきた。

　こいつはいったい何者だ。

　佐吉はじろりとねめつけた。しかし男は、佐吉の厳しい目にさらされても身をかたくするようなことはなかった。

「それで、話したいというのはなんだ。北原の家来衆が知っていて、しかし口にするほどでもない事柄と申したが」

　徳蔵が周囲を見まわした。

　武者走りには、足から這いのぼった冷えが体全体を覆うことも厭わず、今日も多くの番兵が立ち、敵陣や湖面に浮かぶ敵船をにらみつけている。

「ここではなんですので」

「よかろう」

　佐吉は、すぐ近くを通った小舟を招き寄せた。雑兵が船頭をつとめていた。五人も乗れば一杯になってしまうような舟だが、ほかに人はいなかった。

「本丸に行ってくれ」

　武者走りから舟に乗りこんだ。本丸まではすぐだ。

「こりゃいいですねえ」

徳蔵はまわりを見て、無邪気に喜んでいる。

舟をおり、佐吉は本丸内の人けのない場所に徳蔵を導いた。

そこは、本丸の武器庫の裏だった。本丸だけに、さすがに水はほとんど入りこんでいない。日陰になっており、水のよどんだにおいが強く漂っている。

「ここならよかろう」

「へえ、さいですね」

徳蔵が小腰をかがめ、ためらいを見せることなく話しだした。

「まだほんの一年前のことなんでございますが、北原さまに殺された百姓がいるんでございますよ」

「ほう」

佐吉は関心を惹かれた。

「北原さまというのは、今朝、殺されているのが見つかった甚兵衛どののことだな」

念のために佐吉は確かめた。

「へえ、その通りでございます」

つまり、せがれの甚右衛門ではない。

徳蔵がつばを飲みこむようにした。ごくりと音がした。

「殺されたのは、手前の村の者だったんでございますよ。北原さまのご家来衆がそのことを口にしなかったのは、殺されたからといって、百姓がうらみを晴らすような真似はしないと考えているからにございましょう」

武士は傲慢なところがある。確かに、そういうものかもしれない。

「でも、それは考えちがいだと手前は思いますよ。百姓だってうらむときはうらみますし、仕返しだって遠慮会釈なしにやります。けっこう怖いものだと思いますよ」

それは、佐吉も身にしみて知っている。負け戦と見れば、日頃のおとなしさなどかなぐり捨て、百姓衆は悪鬼に豹変する。落武者を殺して、鎧や刀、槍、衣服を奪うことなど平気でする。

武具は金に換え、衣服は自分たちで着ることが多い。

「それで」

佐吉は先をうながした。徳蔵が深いうなずきをみせる。

「殺されたのは太吉と申します。今、その弟が城に入っているんでございますよ。弟は兄貴を殺されたのを深くうらんでいるはずでございます。ええ、まちがいありゃしません。とても仲のいい兄弟でしたからねえ」

佐吉は徳蔵を見据えた。

「その弟が、甚兵衛どのを殺したといいたいのか」

「もしかすると、っていうことなんでございますけど」

北原甚兵衛は百姓に殺されたのか。しかし、いくら頭のうちをおかしくしていたとはいっても、百姓に心の臓を一突きにされるものなのか。

「その弟と甚兵衛どのは顔見知りか」

「その通りでございます。北原甚兵衛さまは、よく馬に乗って村に来ていらっしゃいましたから」

顔見知りなら、呼びだすこともできないことではなかろう。

「ところで徳蔵」

佐吉はのんびりとした声をかけた。

「同じ村の者をさして、心は痛まぬのか」

一転、鋭くいった。

徳蔵はびくりとし、押されたように一歩、下がりかけた。

「は、はあ。しかし、背に腹はかえられませんで。手前は、とにかくきっかけがつくればいいわけでして」

首をひねって下を向く。一人でぶつぶつといいはじめた。

「いや、もうきっかけは十分にできたかな。つまるところ、こいつはただの親切心というところだよなあ」

「徳蔵、おぬし、なにをいっておる」

佐吉は徳蔵の顔をあげさせた。

「いえ、まあ、そのそれは……」

口を濁すだけで、答えようとしない。

「まあ、よかろう。その弟の名は」

「清吉(せいきち)と申します」

間髪いれずに答えた。

「その清吉は腕が立つのか」

「そりゃもう」

徳蔵が大きく顎を上下させる。

「これまで何度も戦に出ていますけど、兄弟そろって相当の働きをしていますよ。大きな手柄を何度も立てていましたから」

それなら、甚兵衛の心の臓を一突きにするのもできないことではないか。

「なぜ太吉は甚兵衛どのに殺された」

佐吉が新たな問いを発すると、徳蔵はまたずるそうな顔をした。

「それは清吉に会って、きかれたほうがよろしいかと存じます」

「おぬしは話せぬのか」

徳蔵がやや苦しげな顔つきになった。

「じかにおききになったほうが、新しいなにかがわかるかもしれませんから」

佐吉はききとがめた。

「新しいなにかとはなんだ」

「いえ、別になんでもございません。もののたとえにございますよ」

徳蔵は恐縮したように頭を下げた。だが、とぼけたようにしか思えなかった。

――なめた真似を。

胸ぐらをつかみ、吐けといいたかったが、佐吉は自重(じちょう)した。

短気はおよしなされ、と妻の水穂から強くいわれている。妻の言にしたがっていたほうがよいことがはるかに多いのは、これまでの暮らしでよくわかっている。

「よかろう、会ってみよう」

佐吉は穏やかにいった。

「清吉はどこにいる」

　徳蔵が武器庫の表側にまわってゆく。三ノ丸と家中屋敷をつなぐ道が、ほんの四間（約七・二メートル）ほど先に見える。

　徳蔵が、右手を南に向かってすっと伸ばした。

「あそこにおります」

　徳蔵の指さしたのは、三ノ丸の東側のほうだ。扇のようなふくらみがあり、兵舎が多く建ち並んでいる。

「あそこの最も手前の兵舎におります」

　城に入った百姓のために、新たに建てられた長屋である。その手の兵舎が三ノ丸には全部で五つ建てられたが、そのうちの一つだった。いずれの長屋も、土塁を越えた水によってとうに胸の高さまで浸かっている。

「清吉におまえの名をだしていいか」

　佐吉がいうと、徳蔵は目をむいた。

「いえ、それはひらにご勘弁を」

「清吉が怖いのか」

「ええ、そりゃもう」

「だったら、なぜさすような真似をした。背に腹はかえられぬとか申したが」

「それもご勘弁を」

徳蔵は情けなさそうな顔をした。

どうにもとらえどころのない男だ。佐吉はじれたが、無理に笑みを浮かべた。

そうなされませ、と妻によくいわれている。笑えばよいことがきっとめぐってまいりましょう。笑う門には福来たるというのは、嘘偽りではございませぬ。

佐吉は水穂の顔を脳裏に浮かべた。声を荒らげることなど一度もないが、言葉の一つ一つに力がある。賢妻を絵に描いたような女である。

佐吉は頰を指先でかいた。

「安心しろ。おぬしの名をだすような真似はせぬ」

その言葉をきいて、徳蔵がほっと息をついた。

八

また舟に乗った。

徳蔵も一緒だ。いいですねえ、とうれしげに風に吹かれている。水のにおいが濃いが、どこからか緑の香りも漂っている。

二町（約二一八メートル）ほど先の湖面には、今も宇喜多勢の船が何艘も浮かんでいる。

こちらを鉄砲で狙っているはずだ。雨のなかでも鉄砲を放つことはできる。

一陣の風が吹いた。水面が波立ち、わずかに舟が揺れた。

いきなり鉄砲の音がした。厚い大気のかたまりが鬢をかすめて背後に抜けていった。

どこだ。今のは宇喜多が撃ってきたのか。そうではない。いくらなんでもあそこからでは鉄砲の玉は届かない。狙われたのは俺なのか。その通りだ、まちがいない。

徳蔵が船底に顔を伏せている。上目遣いに佐吉を見る。

「今のはいったい」

こわごわと見まわしている。

「どこから撃ってきたんでございますか。手前が狙われたみたいですけど」

佐吉は徳蔵を見つめた。

「おぬしが狙われただと」

「ちがいますかい」

「ちがう。狙われたのは俺だ」

「うしろから撃ってきましたよ」

船頭をつとめている雑兵が意外な冷静さで告げた。

「どこだ」

「あっしにはわかりません。しかし、そんなに遠くはなかったようです」

雑兵が指さす方角を、佐吉は見やった。丑寅（うしとら）の方角だ。

兵舎の屋根にたくさんの兵がのぼっている。兵舎と兵舎のあいだの隙間から、宇喜多の船が見える。兵舎までの距離は一町もない。

あの屋根から撃ってきたのか。

ほかに狙い撃ちにできそうなところは、家中屋敷に建つ井楼か。鉄砲で狙うにはちょうどいい距離だ。

兵が二人、なかにいるのが見える。だが顔は外側に向けている。

佐吉はまわりの兵たちに目をやった。しかしながら、また宇喜多のあほうが撃ってきやがったか、当たったためしがねえじゃねえか、とばかりにのんびりしたもので、鉄砲が放たれた場所がわかっている者はいなさそうだ。

結局、どこから鉄砲が放たれたのか、佐吉にはわからなかった。唇を噛み締めるしかなかった。

入城したときに鉄砲で狙われたが、それと同じ根っこだろう。まだ狙う者がいるのだ。

――いったい誰がなんのために俺の命を欲しているのか。

「大丈夫でございますか」

二ノ丸に着き、舟をおりる徳蔵が案じ顔でいった。

「ああ、平気だ。心配いらぬ」

「そうでございますか。では、手前はこれにて失礼いたします」

「うむ。また会おう」

舟が動きだす。水がきているので、二ノ丸門はあけられない。内側には土嚢が積まれている。

徳蔵は土塁に埋めこまれた尺木のあいだをすり抜け、武者走りに降りた。そこで佐吉を見送りはじめる。

舟は三ノ丸の東側に向かった。

兵舎の屋根で、ほとんどの兵がひなたぼっこをしている。

宇喜多の船からの鉄砲に注意を払いつつ、佐吉は清吉を探した。徳蔵によると、一番手前の兵舎にいるということだったが、そこに清吉の姿はなかった。

佐吉は屋根の兵に、次々に声をかけていった。

「清吉なら、あっしですが」

やがて、最も東側の兵舎の上にいた雑兵が手をあげた。広い屋根に、数十人の雑兵が薪のように横になっている。湖面側の屋根には、むろん一人もいない。

佐吉は名乗り、ききたいことがある、といって清吉に舟に乗ってもらった。

清吉は二十四、五に見えた。濃い眉がきりっとし、鼻筋が通り、彫りが深い。なかなかの男前だった。

体つきもたくましく、背丈も佐吉と同じくらいはある。腕が立つのも納得できた。しかし、それだけの背がありながら、人を上目づかいにのぞき見るような瞳の暗さが佐吉には気になった。

この男なら、と佐吉は思った。一年も前のことをうらみに思い、復讐してのけてもおかしくない。

「本丸に連れていってくれ」

佐吉は船頭に依頼した。舟が再び動きはじめた。

本丸に着き、先ほど徳蔵を連れていった武器蔵の陰に清吉を導いた。太陽が雲に隠れ、暑さが少しやわらいだ。ただ、風が通らなくなっており、かなり蒸し暑かった。

汗が噴きだしてくる。

「たまらぬな」

佐吉は手ぬぐいで首筋の汗をふいた。

「ききたいのは、北原甚兵衛どののことだ。今朝、殺された。知っておるか」

「はい、存じています」

清吉が低い声で答えた。

「俺は、北原どのの殺しのことを調べておる。おぬし、北原甚兵衛どのに兄を殺されておるな」

清吉が思いだしたくないというように、目をそむけた。

「おぬし、そのことをうらみに思っておらぬか」

清吉が顔を向けてきた。

「滅相もない」

大仰と思えるほど首を大きく横に振った。

「あれは兄が悪かったんですよ。殺されたというより、手討ちにされたも同然です。あのときの兄はそうされて当然でございました」

鈍い光をたたえる瞳から受ける感じとは異なり、よく通る声をしている。戦場で鍛えられたのだろう。

「お目付さまは、北原さまを殺した下手人をお探しになって、あっしのもとにまいられたのでしょうけど、あっしは北原さまのことをうらみになど思っていませんよ」

佐吉はうなずいてみせた。

「兄の太吉が北原どのに手討ちにされたときのいきさつを話してくれ」

「へえ、わかりました」

清吉が顎をすっと引き、語りはじめた。

一年前の夕暮れ間近のことだった。昼間から過分な酒をいただき、いい気分で村はずれの道を歩いていた太吉が、野駈けの帰りで馬を自ら引いていた北原甚兵衛にどすんとぶつかったのだ。

そばの野良から、その様子をなにげなく見ていた村人たちは、太吉がわざとぶつかったことに気づいた。

ふだんはおとなしいが、酔うと見境がなくなる男だった。戦に行っても、上の者の目を盗んで酒をあおってから戦いはじめるような男で、これまでいくつかの手柄を立てられたのも、すべて酒のおかげだといわれていた。もともと臆病な男だったのである。

おう、これはすまぬことをした、と甚兵衛のほうがすぐ謝り、村人たちはほっと胸をなでおろしたのだが、それでことはおさまらなかった。

太吉が大声で、お侍、気をつけてほしいな、といい放ったのだ。体つきは太吉のほうがはるかによく、太吉が甚兵衛を見おろす形になっていた。

甚兵衛はそれでも怒ることはなく、にこにこと人のよさそうな笑顔を見せ、次は気をつける、こたびは許してくれ、といった。

村人たちは、甚兵衛が怒りだす前に太吉をとめようと道にあがりかけた。

太吉は甚兵衛を見くびったか、口だけじゃいけねえな、これをもらおう、と酔っているとは思えぬすばやさで、甚兵衛の腰から脇差を抜き取った。

さすがにこれには村人たちは青ざめ、足はぴたりととまった。

甚兵衛の顔色も朱に染まった。この無礼者っ、と戦場往来の、腹にずんと響く声をだした。

太吉も戦慣れしており、それでびくつくようなことはなかった。逆に、なにが無礼者だ、この野郎っ、と叫んで脇差を鞘ごと甚兵衛に叩きつけようとした。

甚兵衛はあっさりとかわした。かわされたことで頭に血がのぼった太吉は、さらに脇差を振りまわした。

余裕をもっていなしていたが、甚兵衛が石につまずいてわずかによろけた。同時に太吉が思いきり踏みこんだ。

脇差が甚兵衛の額を打った。血がわずかだが、にじんだ。

甚兵衛は、このとき初めて刀に手を置いた。太吉はひるみを見せることなく、なおも突っこんでいった。

それを一瞬でかわすや、甚兵衛は刀を引き抜いた。体勢を立て直し、振り向いた太吉が脇差を振りかざそうとしたところを一歩はやく踏みこみ、刀を振りおろした。狙いは太吉の腕だった。

戦慣れしているのが、太吉の仇となった。落ちてきた刀を避けようとした太吉が草に足を取られ、体をよろめかせたのである。そのために腕ではなく、刀に頭を打たれる羽目になった。

額が割れ、首がおかしな具合に揺れた。つぶされた蛙のような声をあげた太吉は両足を宙に浮かせ、馬が横倒しになったかのような地響きをたてて道に倒れこんだ。

それきりぴくりともしなかった。細い息をかろうじて保っていたが、翌日の昼、太吉は医者の手当の甲斐なく息を引き取った。二十八歳だった。

「これが兄の死のいきさつでございます」

静かに清吉は話を終えた。

そうか、と佐吉はいった。

「あれは、兄の自業自得以外のなにものでもございません。それに、あのような凄腕のお侍に対して、仇を討とうなどと考えるはずもありません。お目付さま、ご納得いただけましたでしょうか」

凄腕でなかったら仇を討ちたいと考えたことはあったようだな。

それにしても今の話が本当なら、殺された太吉は文句はいえまい。それに甚兵衛は腕に刃を入れようとしている。もとより殺す気はなかったのだ。

「北原さまは、あっしたちに手厚い見舞金までくださいました。葬儀にもわざわざ足を運ばれ、兄の遺骸に長いこと手を合わせてもいただきました」

清吉がうつむき、ぽつりぽつりとさらに話した。

「このお城からもお役人があっしたちの家に見え、いろいろ調べていかれました。清水さまも北原さまご本人にお目にかかり、事情をきかれたはずにございます」

「清水さまがな」

「はい。村人たちの証言もあって、北原さまの振る舞いにまったく落ち度がなかったことが明らかになり、北原さまにお咎めはございませんでした」

相づちを打ってから、佐吉は新たな問いを口にした。

「おぬし、北原どのにうらみを持つ者に心当たりはあるか」

清吉はしばらく考えていた。心当たりはあるが、果たしていってよいものか、迷っているように見えた。

佐吉は黙って待った。こういうときに急かして、いい結果は出ない。

やがて清吉は二人の侍の名を告げた。

「手間をかけたな」

佐吉は礼をいった。

「よし、では戻るか」

「へえ」

佐吉は、五間ほどのところに浮かんでいる舟を呼び寄せた。清吉とともに乗りこむ。

「三ノ丸に頼む」

舟がすいと水面を滑りはじめる。

すぐに三ノ丸に着いた。清吉が礼をいって先ほどまで寝そべっていた屋根にあがる。

「ではな」

「そうだったか」

舟が本丸のほうへと向きを変えた。

佐吉に深く辞儀をしてみせた清吉だったが、離れ際、なにかささやいた。仇討は、といったようで、あとに続いた言葉はよくきき取れなかった。

「なんだ、なにかいったか」

佐吉は、すでに三間ほども離れた清吉にいった。

清吉は、意地の悪そうな目をして笑っていた。この男の本性があらわれているかのような笑みだ。

見まちがいではなかった。佐吉は眉をひそめた。不気味さが漂った。

「いいえ、なにも申してはおりません」

しらっとした顔で清吉が答えた。

そんなことは決してない。清吉はなにかいったのだ。

二ノ丸門のそばを通ったとき、清吉がささやいた言葉がなんだったのか、雨に洗われた花のようにくっきりと脳裏に浮かびあがってきた。

清吉はこういったのだ。

「仇討は、とっくにすんでいるんですよ。お侍」

佐吉は振り向き、三ノ丸を眺めた。屋根の上のどれが清吉なのか、もはやわからなかった。

この言葉の意味するものは、やはり清吉が甚兵衛殺しの下手人だということなのか。

佐吉は顔を前に向けた。清吉は、とっくに、といった。今日の未明の殺しを、とっくに、というだろうか。

それに、仇討はとうにすんでいるから、今になってわざわざ北原甚兵衛の命を奪うような真似はしない、といっていたようにきこえる。

なにかひっかかる気がして、佐吉は考えこんだ。

なんだろう。

あっ。

半年前の甚兵衛の落馬。馬が木から落ちてきた蛇に驚いたのが原因とのことだったが、蛇を落としたのが清吉だったとしたら。

あの底意地の悪そうな目が思いだされる。

十分あり得るな。

北原甚兵衛とまともにやり合って殺すことはできないから、そんな姑息な手を用いたのだろうが、甚兵衛は死ななかった。

それでも頭の具合がおかしくなったことは耳に入り、命を奪えなかったまでも、清吉は自らを納得させたのではないか。

なるほど、そうか。

佐吉は合点がいった。

徳蔵はおそらく、清吉の仇討を知っていたのだろう。新しいなにかがわかる、とはこのことを指していたのだ。

徳蔵が清吉をひどく怖れているのも、清吉のまさしく蛇のような執念深さを知っているからにちがいあるまい。

清吉を責め、甚兵衛の落馬の一件を白状させるか。

佐吉は首を振った。

これはおのれの領分ではない。今すべきことは、甚兵衛を殺した下手人を探すことだ。

清吉は下手人ではない。

九

二ノ丸の水は、せいぜい膝の下までである。だからといって籠城暮らしがきつくないわけがないが、胸のあたりまできてしまっている三ノ丸にくらべたら、雲泥(うんでい)の差といってよい。

二ノ丸といえば、北原甚兵衛のせがれの甚右衛門の持ち場だが、まだ父親の遺骸のそばにいるのだろうか。それとも、もう戻ってきただろうか。

武者は、秋山主水助(あきやまもんどのすけ)といった。歳は五十をいくつかすぎている。末近左衛門と似たような年の頃だろう。やや小柄な体つきだが、腕はひじょうに太い。槍をしごくなどお手の物だろう。相当に遣えそうだ。

主水助は、甚兵衛に殺された太吉を特にかわいがっていた。

太吉は、主水助の下で足軽として働いていたのである。戦で立てたほとんどの手柄は、主水助の手下になってからだ。

主水助は、太吉の酒を大目に見ていた。

太吉を失った一年前、主水助は甚兵衛に腹を切らせるように、高松城の目付に強硬に申し入れたそうだ。

それだけ太吉に目をかけていたのである。

主水助と太吉が知り合ったのは、十年近くも前のことだ。美作における宇喜多勢との戦で乱戦になったとき、危うく首を取られそうになった主水助を救ったのが、太吉だった。

　主水助に馬乗りになり、今にも馬手差で鎧を貫こうとしていた宇喜多武者を、太吉は自分のほうに向かせ、一対一の対決を挑んだ。そして、ものの見事に討ち取ってみせたのである。

　その後、主水助は太吉を自身の麾下に引き抜いた。

　太吉が配下になって以来、主水助には功名がついてまわるようになったのである。

　主水助にとって太吉は命の恩人でもあり、また福の神でもあった。

　それを殺されたのだから、主水助としてはおさまるはずがなかった。太吉が殺された日も、主水助が屋敷に呼んで、酒をふるまった帰りだった。

「甚兵衛をあの世に送らねば、心の波立ちはおさまらなかったし、太吉にも申しわけが立たなかった」

　しかし残念ながら、と目に悲しみをたたえて主水助は続けた。

「太吉に非があったことは、わしも認めざるを得なかった。わしは自ら足を運び、何人もの村人から話をきいた。甚兵衛に対する咎めなしの裁きに筋は通っており、引っ繰り返す余地などなかった」

　さようですか、と佐吉はいった。

咎めを引っ繰り返すというのは、清水宗治に逆らうことを意味する。それだけのことをする覚悟は主水助にはなかったというわけだろう。

主水助は宗治に忠誠を誓っているのだ。そうでなければ、この城に入って苦しい籠城暮らしを続けるはずがない。

「今も憤りがないことはないが、あきらめの気持ちのほうが強くなっておる」

さばさばした口調で主水助がいい、顎の下をゆっくりとなでる。話すときの癖なのかもしれない。

不意に鉄砲の音がした。佐吉はぴくりとしかけた。

宇喜多の船から放たれたものか、それとも味方が撃ったのか。

いずれにしても、自分を狙ったものではない。

「どうされた」

主水助が、興味深げな光を瞳に浮かべている。

「いや、なんでもありませぬ」

「撃たれたことがござるのか」

「いえ、一度も」

さようか、と主水助がいった。

「今朝、北原どのが殺害されたと耳にされて、どんな気持ちでしたか」

佐吉は問いをぶつけた。

主水助が軽く首をひねる。

「甚兵衛が殺されたときいて、気分が晴れたということもない。ああ死んだか、というどこかさめた思いがあるだけだ」

主水助は心境を淡々と語っていた。今の言葉に嘘はなさそうだ。

「では、秋山どのは北原どのをうらんではいなかったというのですね」

主水が目をあげる。

「うらんではいた。が、仇を討つほどのことではなかった。太吉を殺された当初は悔しくて、夜も眠れぬほどだったが」

主水助が深い息をつき、強い眼差しを佐吉に当ててきた。

「甚兵衛殺しの下手人であるとわしに目星をつけたのやもしれぬが、まったくの見当ちがいぞ。お目付どの」

佐吉は黙って見つめ返した。

「なぜなら、甚兵衛を殺すとなれば、一年も待たぬからだ。咎めなしの裁きが出る前に、やっていた」

その通りだろう。仇を討つのに一年も待つ意味がない。

「甚兵衛を殺らなかったのは、太吉のほうに非があり、もし自分が甚兵衛の立場だったら同じことをしていたからだ。だからこそ、わしはなにもしなかった。仮に一年待ったにしても――」

主水助が言葉を切る。

「湖水に囲まれて逃げ場のないときをわざわざ選ぶはずもない」

主水助が自らの頭を指先でつつく。

「それに、甚兵衛はここがおかしくなっていた。そんな男を今さら殺してどうなるというのだ」

顔を少し曇らせた。

「死者を冒瀆するようで、こういういい方は好きではないがな」

佐吉はこの男を信用することにした。人けのない場所に呼びだし、北原甚兵衛を殺害するような男ではない。

最後に、佐吉は主水助にも同じ問いを発した。

「北原どのに遺恨を持つ者に心当たりはありませぬか」

主水助はしばらく考えこんでいた。

「一人おる」

顔をあげ、ぽつりといった。

「教えていただけますか」

主水助はむずかしい顔で腕を組んだ。

「だが、あれはもう六年以上もたっていることで、あれが今になってとは、わし以上に考えにくい」

六年前か、と佐吉は思った。しかし、うらみを晴らすのに、武家の執念深さというのを抜きにしても、年月はまったく関係ないという事例もある。

二年前、三原で起きた刃傷沙汰（にんじょうざた）は、小早川家の侍が幼なじみの侍を斬り殺した事件だった。

互いに三十歳を超え、とうに妻帯し、子ももうけていた。

事件後、切腹した侍によれば、城内で幼なじみと会い、幼い頃、川辺で遊んでいて流れに突き飛ばされて溺（おぼ）れかけたのを、助けもせず指さして腹を抱えてひたすら笑い転げていたことを不意に思いだし、どうにも腹が煮えてならず、我慢できずに斬りつけたのだという。

妻と不仲となり、実家とのつき合いがむずかしくなって思い悩んでいた時期でもあったそうだが、人によっては二十年以上も前のことを遺恨に思い、不意にうらみを晴らそうとすることもあるのだ。

人それぞれの性格によるものが大きいとはいえ、そのとき殺された侍はなぜ今日、死なねばならぬのか、息を引き取る寸前までわからなかったろう。

十

田尻平太夫という名に、心当たりはなかった。

だが、田尻という姓にきき覚えはある。しかし、どこで耳にしたのか、思いだせない。歳とともにこういうことが増えてきて、佐吉は少し苛立った。

苛ついても仕方ない。いずれ思いだすだろうと考えることにした。

「こちらにござる」

田尻平太夫にいって佐吉は先に舟をおりた。そのとき背筋に冷たいものを覚えた。

――なんだ。

気持ちとは裏腹に、ゆっくりとなにげなく振り向いた。

田尻平太夫が、どうされたという顔で佐吉を見つめている。

すでに背筋の冷たさも消えていた。

今のはなんだったのか。

どうにも釈然としないものを感じたが、佐吉は本丸のぬかるんだ土を踏み、宿所に向かった。うしろを平太夫がついてくる。

先ほどのは殺気ではないのか。

考えれば考えるほど、そうではないかと思えてくる。

佐吉は宿所の一室で、田尻平太夫と対座した。

歳は三十前か、佐吉より二つ三つ下に思えた。

あらためて見つめてみたが、田尻平太夫という武者に覚えはない。高松城内で会うのが初めてである。

田尻平太夫は備中の地侍で、清水家の被官として二十名ほどを率いて三ノ丸の守備についていた。

顔中、濃いひげにおおわれている。まるでひげのなかに目、鼻、口があるようだ。

体は鍛えこまれており、筋骨の盛りあがりは佐吉も目をみはらされるものがあった。

平太夫がじっと佐吉を見ている。瞬きしない目だ。

どうしてこの男にこんな目で見られねばならぬのか。

「どうかされましたか」

佐吉は平静な態度でたずねた。

平太夫がはっとする。

「いや、知り合いにまったく同名のお人がおられましてな」

ひげ面を和ませた。

「それが少しわけありのお人だったので、びっくりしてしまいもうした。いや、失礼しました」

「そのわけありというのは」

「いや、たいしたことではござらぬ。女でしくじりを犯した者にござるよ」

よくある話だが、なんとなくはぐらかされたような気がした。

「北原甚兵衛どののこととおききしたが」

平太夫のほうから水を向けてきた。

「さよう。六年前のことで、お話をうかがいたい」

平太夫が眉をひそめる。

「拙者が六年前のことで北原甚兵衛どのに遺恨を抱き、それで今朝、殺したとお目付どのはおっしゃるのか」

平太夫が大口をあけて笑う。赤い舌がはっきりと見えた。

「お目付がいったいどこの誰にきかれたか知らぬが、ずいぶんと古い話を持ちだされるものでござるな」

ようやく笑いをおさめた。

「六年前の話など、とうに忘れておりましたぞ。あのときのことをうらみに思い、北原どのをこの城のなかで殺すなど、まさに笑止千万にござる」

ひげ面を震わせて、また笑いはじめた。

「では田尻どのは、今朝の北原どのの死に、関係ないといわれるのですね」

佐吉は穏やかに問うた。

「関係などとてもとても」

平太夫が右手を大きく振った。

「北原甚兵衛どのが殺されたと耳にして、心の底より驚いたくらいでござった。まさか拙者のもとへお目付が見えるとは、夢にも思わなんだ」

「では、六年前のことをうらみになど思っていないのですね」

「むろん」

平太夫が余裕をもってうなずく。

「たかが首級を横取りされたくらいで、北原どのを殺そうとは思いませぬ。あのときは本当に頭に来て、軍目付に届けましたが、そこまでござるな。手柄は生きてさえすれば、いつでもあげられもうす」

自信たっぷりにいって、平太夫が佐吉を見る。

「戦以外で人を殺した場合、うまくいって逐電、とらえられれば死罪ですな。うらみを晴らすためにそんなつり合わぬ危険を冒し、家来どもを路頭に迷わせようとは、いくら拙者が思慮足らずの猪武者と申しても、考えませぬ」

力強く断言した。

六年前の首級の横取りというのは、次のような話である。

毛利家が宇喜多直家と組んで三浦貞広という武将を美作から追い払おうとする戦いに、槍の名手として知られる平太夫も、清水家の一員として加わっていた。

三浦家は、鎌倉幕府における実力者の一人だった御家人三浦義澄の弟の末裔で、三浦貞宗が美作の高田に城を築いたことが美作三浦氏のはじまりといわれる。そののち、尼子や三村、毛利と次々に戦い、三度の滅亡、二度の再興を繰り返した。

三浦貞広の代に至り、三村家親が鉄砲で闇討ちされた機に乗じて高田城を奪回して三度目の再興を果たした。その後、再び天正四年（一五七四）に高田城が毛利勢と宇喜多勢の攻撃を受けて三浦貞広は降伏し、ここに三浦家は四度目の滅亡となった。

田尻平太夫が参加した戦いというのは、毛利、宇喜多勢がついに貞広を三浦家の居城高田城に追いこみ、攻撃を加えたときのことである。

大軍に囲まれながらも、高田城の三浦勢も必死の防戦を試み、戦いは日ごとに激しくなっていった。

そんなある日、城外に出てきた三浦勢とのあいだで乱戦になったとき、田尻平太夫は敵の武者とやり合い、半時近い激闘の末、ようやく腹に穂先を刺し入れた。敵は苦しげに腹を押さえ、地面に倒れこんだ。

すぐにでもとどめを刺したかったが、さすがに平太夫も疲れきっており、その前に息をわずかに入れた。

そこへ、のこのことやってきたのが北原甚兵衛だった。

傷口を押さえて立ちあがり、よろよろと歩きだそうとした三浦武者の前に立ちはだかるや、楽々と槍を突き入れ、あっさりと首を取ったのだ。

なにをするっ、と平太夫は怒鳴りつけたが、あたりは喧噪(けんそう)に満ちており、平太夫の声は届かなかった。

首を腰に結わえつけて悠々と立ち去った甚兵衛を追おうとしたが、平太夫は新たな敵にはばまれて、首級を取り戻すことはできなかった。

高田城の落城後、首実検がはじまる前、平太夫は首を横取りされたことを毛利家から派遣されていた軍目付に届けた。すぐさま調べははじまったが、平太夫の言は受け入れられず、そのまま甚兵衛の手柄とされた。

そのとき討ち取った武者が美作でも名の知られた者だったことが、平太夫の怒りを増すことになった。

「猛勇を知られた北原甚兵衛ともあろう者が首を横取りするなど、あり得ぬことと断じられもうした。しかし、現に拙者の目の前で起きたこと。そのことを拙者は強く申しあげたが、打ちかかってきた武者を討ち取ったと北原どのが強く申す上に、その場面を見ていたと申す者もあらわれましてな。そんなこともあって、拙者は無力さを覚え、泣く泣くあきらめもうした」

平太夫がこれ見よがしに息をつく。

佐吉は、北原甚兵衛を殺していないという、この男のいい分を信じた。首取りに武者は命を懸けるし、首を横取りされたときの平太夫の怒りは相当のものだったとはいえ、ただそれだけのことだった。

人を殺すに足る理由とは思えなかったし、六年ものあいだうらみを胸にしまっておける性分とも思えなかった。

「わかりました。お手間を取らせた」

佐吉は頭を下げた。

執拗(しつよう)な調べで知られる目付が意外にあっさりと引き下がることに、平太夫は驚いたようだ。ぐっと顔を突きだしてきた。

「もうようござるのか」

「では、お言葉に甘えて一つ」

佐吉は人さし指を立てた。

「田尻どのは、北原どのにうらみを持つ者に心当たりはござらぬか」

「心当たりはござらぬ」

平太夫が即答した。

「しかし、お目付どのに手がかりを与えられるかもしれぬ」

思わせぶりな表情を浮かべる。

「手がかり、ですか」

平太夫が満足げな笑みをつくった。

「北原どのは、今朝未明に殺されたのでござったな」

「その通りです」

「そのことに関係しているのかどうか、わかりませぬが、昨日の夕暮れ、三ノ丸の端、敵の堤がよく見える場所で、北原どのが会っていたお方を拙者は存じておりもうす」

お方というくらいだから、上の者だろう。

「誰でしょう」

「昨晩は、我らがあのあたりで見張り番に当たっていました」

もったいぶったか、平太夫が前置きをした。佐吉は黙って耳を傾けた。こういうときは気分よく話をさせたほうがいいことを、経験から知っている。

「もっとも、この城に今さら忍び入ろうとする者がいるとも思えず、拙者、暇にあかせてあたりを見まわしておりました。ふと、武者走りに立って堤を眺めている一つの影に気づきもうした。それが北原どのであるのを知り、見るとはなしに様子を見ておりますと、別の一つの影が北原どのに静かに近づいてゆきもうした」

平太夫が、うかがうような目を佐吉に向けてきた。

「誰だと思われる」

こんなことをいうくらいだから、佐吉も知っている者なのだろう。

「わかりませぬ」

平太夫のもったいぶりに嫌気がさしたが、佐吉は笑顔で首を振った。

平太夫が息を吸いこんだ。

「難波伝兵衛どのにござる」

「ほう」

平太夫は、佐吉がさして驚かなかったことが意外らしく、すぐさまきいてきた。

「これは、手がかりではござらぬのか」

「手がかりかもしれませぬ。ただ、難波どのには今朝方、会ってきたばかりでして」

「では、昨日の夕暮れのことをお目付どのはもうご存じでござったか」

「いえ、初耳です」

「だったら、もっと勇んでもらいたいものにござる。まちがいなく重要事でござるぞ」

口から泡を飛ばす勢いだ。

「もしやすると、難波どのは、生前の北原どのに会った最後のお人かもしれないのですからな」

この男は、難波伝兵衛にいい感情を抱いていないのかもしれない。二人のあいだにいったいなにがあったのか。

「もちろん、改めて話をききにはまいります」

佐吉は明快に告げた。

「さようでござるか」

平太夫はそれでも不満そうだ。不意にぎらりと瞳を光らせた。底意地の悪さを感じさせる、いやな光だ。

「そういえば、拙者に不利な裁定をくだした毛利の軍目付は末近左衛門どのにござった。いま考えてみると、あれは怖ろしく不公平な裁定でござったな。末近どのは北原どのに借りでもあったのではござらぬか。お目付どの、よくよく調べたほうがよかろう。こたびの北原どの殺し、あるいは末近どのが関わっているやもしれませぬぞ」

この男は、俺と末近左衛門の関係を知って、このようなことといっているのか。

「わかりました、舅どのにもよく話はききましょう」

佐吉は鎌をかけてみた。

平太夫は、おや、という顔をしてみせた。

「舅といわれると」

「末近左衛門どのです」

「えっ」

平太夫がぎょっとした。この表情が芝居なのかどうか、判然としない。

「お目付は末近どのの婿でござるのか」

「さよう」

「これは失礼した」

笑みを浮かべて謝る。

「お目付どのが、まさか末近どのの娘婿とは思わなんだ」

「ご存じなかったのですか」

「むろん。存じていたら、失礼は申しあげなかった」

佐吉には、知っていて皮肉を浴びせてきたようにしか思えなかった。

ほかに平太夫にきくことはない。話はこれで終わりだった。

佐吉は礼をいって、本丸の宿所をあとにした。

十一

舟に平太夫を乗せ、持ち場の三ノ丸でおろした。

「では、これにて失礼いたします。お手間を取らせ、失礼した」

「なんの」

答えて、平太夫が土塁の武者走りに足をつけた。波が立ち、小さく舟が揺れた。

「またお会いすることがあるやもしれませぬな」

手を振ってきた。

「そのときはよろしくお願いします」

ていねいに辞儀して、佐吉は船頭の雑兵に家中屋敷に向かうようにいった。

家中屋敷に着くや、難波伝兵衛の宿所に行き、朝と同じ一室で対座した。

「殿にはまだ話はしておらぬぞ」

開口一番、伝兵衛がいった。

「では、まだ安国寺どのとお話の最中でございますか」

伝兵衛が深くうなずいた。会談は予期した以上に長引いている。やはりひどく難航しているのだろう。

「難波どのは、昨夜、北原どのとお会いになっていますね」

佐吉はすぐさま本題に入った。

伝兵衛は厳しい目で佐吉を見た。

「ああ、確かに」

「どこででしょう」

　ふっと笑いを見せた。

「もう調べはついているであろうに」

「三ノ丸の、敵方の堤のよく見えるところですね」

「そうだ」

「北原どのとは、どんなことを話されたのですか」

　伝兵衛が佐吉をじろりと見た。

「わしを疑っておるのか」

「そういうわけではありませぬ」

　佐吉は微笑した。

「ただ、北原どのと最も親しい友ということで、あらためてお話をうかがいたく」

「うまいことを申す。城主の弟といえども、特別な扱いをする気はないのが本音であろうに」

　にやりとした伝兵衛が思いだすように、わずかに遠い目をした。

「北原甚兵衛どのと話したのは、目の先に見える堤の巨大さや、その上で燃える篝火の見事さだ。それと、この城の行く末をきかれたので、適当に答えておいた」

「適当にでございますか」

「正直、どうなるか、わからぬからな」

確かにその通りだ。

宗治と恵瓊の会談が長引いている理由として考えられるのは、宗治が開城を拒否しているからだろう。ほかに理由はないのではないか。

それと、宗治の嫡子源三郎の行く末だろうか。毛利家において、もし嫡子がないがしろにされるようなことがあれば、ここでおのれの命を散らせる意味はない。

「ほかには」

佐吉はきいた。

「ほかには、とは」

「ほかには、北原どのと話をしたことはございませぬか」

そういうことか、と伝兵衛がいった。

「わしの幼かった頃や戦の思い出話くらいはしたな」

「思い出話ですか。では、そのとき北原どのは正気だったのですね」

「ああ、わしのよく知っている北原どのだった」

伝兵衛がなつかしそうな瞳をした。それを見て佐吉は深くうなずいた。

「難波どのは、そのとき北原どのと約束をかわしませんでしたか」

　さりげなくたずねた。

「約束とは」

　伝兵衛が怪訝そうにする。佐吉はそんな伝兵衛をじっと見た。

「ええ、人けのないところで会う約束でございます」

　佐吉がなにをいいたいか、伝兵衛は解したようだ。眉間にしわを寄せる。

「兵糧蔵の裏のことを申しているのか」

　嘲笑めいたものを口の端に浮かべた。

「幼かったわしをかわいがってくれ、ともに戦った北原甚兵衛どのを、どうして殺さねばならぬ。お目付どの、見当ちがいもはなはだしいな」

「では、清水さまはいかがですか」

　佐吉は思いきっていった。

「昨日の昼、難波どのとともに北原どのの宿所を訪ねられたそうですが」

　伝兵衛の目が凶暴な光を帯びた。

「死にたいのか」

　佐吉は平然と見返した。腕には自信がある。伝兵衛も相当遣えるのは見て取っているが、自分のほうが上だとの自負があった。

ふう、と伝兵衛は体から力を抜いた。

「いやなやつだ。おぬしを殺すなら闇討ちしかなさそうだな」

さらりといった。

「いやなやつではあるが、なかなか骨もある。最近では珍しい男だな」

伝兵衛が身じろぎした。

「おぬしも殿のあの号泣ぶりを目の当たりにしたろう。死をあれだけ悼んだお方が、北原甚兵衛どのを殺すはずがあるまい。理由もない。殿は北原どのを慈しんでおられた。あの涙に嘘はない」

佐吉も、宗治の涙が本物だったことに異論をはさむ気はない。それに、もし宗治が人を殺すのだったら、あんな兵糧蔵の陰などではなく、長谷川掃部を手討ちにしたときのように公(おおやけ)の場で行うだろう。

佐吉は咳払いをした。

「清水さまは、北原どのの遺骸を前に、この城に入れなければそなたを死なせることもなかった、とおっしゃいました。これは、清水さまがなにか存じておられるからではないですか」

伝兵衛が白い歯を見せる。

「わしを怒らせようとしたのは、本音を引きだすためか。さすがに目付だな、策を講ずるものよ」

伝兵衛が佐吉に真剣な眼差しを浴びせてた。

「しかしそうなると、殿は北原どのを殺した下手人を知っていることにならぬか。だとしたら、殿の性格だ、必ずや北原どのの遺骸の前で名指しされたはずだ。あの言葉は、北原どのを頼みに負けて城に入れてしまったことを後悔された言葉にすぎぬ」

伝兵衛の言葉には無理がなかった。

「北原どのに遺恨を持つ者はいかがでしょうか。難波どのは昔のことを振り返られたと思いますが」

「わしが紛れもなくそうしたような口ぶりだな」

「ちがいますか」

伝兵衛が苦笑を漏らす。

「かなわぬな」

つぶやくようにいって横を向いた。

「確かに振り返った」

目を佐吉に戻していった。

「しかし思い浮かぶことは、一つとしてなかった」

「さようですか」

「北原どのは六十一だった。人が六十年も生きていれば、知らずうらみを買うこともあろう。だが、それが殺されるようなうらみであるかどうかは、また話がちがう。北原どのにそんな過去があったなど、わしは少なくともきいたことはないし、覚えてもおらぬ」

佐吉は伝兵衛を見つめた。

「小さなことならあったのですね」

「わしやおぬしに起きてもおかしくない、ほんの些細なものにすぎぬ」

「話していただけますか」

「それはおぬしの仕事だろう。それに、もういくつかつかんでいるのではないか」

伝兵衛が目もとをわずかにゆるめた。

「たとえば、戦において手柄がからんだもめごとがあったにしても、そのことが命を奪うほどのものではないことは、おぬしにもうわかっているはずだ」

田尻平太夫のことをいっている。

「北原甚兵衛どのは武人だった。戦で敵をむごく殺したこともある。だが、それだけのことだ。以前むごく殺した者の一族がこの城に入っているかもしれぬと申しても、そのことで仕返しをされることはあるまい。離合集散は世の常で、仕返しなしは我ら侍の暗黙の掟だ」

暗黙の掟はわかる。敵になったり味方になったりを繰り返しているなかで、戦のたびにいちいち遺恨をいだき仇討を考えていたりしたら、それこそお互い命がいくつあっても足りない。

しかし、戦で生まれた遺恨が新たな遺恨を生むこともまたわかっている。

「以前、北原どのにむごく殺された者の一族が城内にいるのですか」

佐吉はたずねた。

「かもしれぬ、ということにすぎぬ」

外から兵たちのざわめきがきこえてきた。恵瓊が居館から出てきたのか。

「ふむ、これまでだな」

伝兵衛が膝を立てた。そのままなにもいわずに佐吉の前を立ち去った。

わずかに遅れて佐吉が外に出たときには、恵瓊はすでに湖の上だった。

東側の土塁に多くの兵が貼りついている。舟で岸を目指す恵瓊を眺めている様子だ。

佐吉に使僧を見送る気持ちはなかった。

　宿所に戻り、今度は末近左衛門を訪ねた。

　左衛門は悲しみに満ちた顔で、部屋のまんなかに座りこんでいた。いつも明るい男がそんな表情をしているのははじめて見た。顔だけでなく、体全体がしおれている。

「恵瓊どのは帰られたようですね」

　声をかけると、左衛門が驚いたように佐吉を見た。

「おう、佐吉ではないか」

　部屋に入った佐吉に気づかなかったのだ。佐吉は案ずる目で左衛門を見た。

　左衛門が無理に笑顔をつくる。

「うむ、先ほどな」

「開城ですか」

　ずばりきいた。

「わしの口からはいえぬ。だが、開城とまだ決まったわけではない」

「決まったわけではない。まことですか」

「まことよ」

　左衛門がはっきりといった。

「清水どのは、恵瓊どのが開城するようにいってきたのを、どうやらかたく拒絶したようだ。恵瓊どのの必死の説得も、不調に終わったらしい」

「毛利は、この城を羽柴秀吉に明け渡す気でいるのですか」

「そのようだ」

「三万もの軍勢でやってきて、戦う気がないのですか」

「もはや情勢が以前とは異なりすぎるのであろう」

　左衛門が苦い顔でいった。

「大坂本願寺は昨年、降伏も同然に織田信長と和睦し、甲州の武田家はこの三月に滅ぼされた。北陸では上杉家も押されっぱなしのようだ」

　左衛門が拳をかたく握り締める。

「ともに織田家と戦っている者のなかで、頼りにできる者は一人としておらぬ。ここで毛利家が羽柴秀吉と正面切って戦って、仮に勝ったところで、ただ一勝をあげたにすぎぬ。いずれ信長の本軍に、武田家のように必ず滅ぼされよう」

　左衛門が吐息を漏らす。

「毛利家の心は領土を割譲してもよいから、和睦し、生き延びるということだろう。滅んではなにもならぬ」

「そのために、高松城を見殺しにし、清水さまに腹を切らせるということですか」

左衛門の顔が苦渋に満ちる。

「そういうことになる。清水どのにはまことに申しわけない仕儀だ」

「しかし、清水さまは腹を切ることを拒絶されたのですね」

「毛利の苦衷(くちゅう)もおわかりだと思うが、やはり武人として、このまま終わりたくないと考えておられるのであろう」

今日、同じことを考えたことを佐吉は思いだした。

まだ籠城戦が続くことに、佐吉はほっとした思いを抱いた。

「ところで」

佐吉がいうと、左衛門が顔をあげた。

「田尻平太夫という男をご存じですか」

左衛門が首をかしげる。

「知らぬな。何者だ、こたびの北原どの殺しと関係がある男か」

「そういうわけではありませぬが」

佐吉は平太夫の話を告げた。

むう、と舅がうなる。

「わしが北原どのと親しく、こたびの件にも関わっているのでは、とその田尻とやらは申したか」

左衛門が腕組みをした。

「ふむ、田尻な。六年前の高田城攻めか。ふむ、思いだしたぞ」

当時のことがよみがえってきたらしく、左衛門の顔がゆがんだ。まるで梅干しを十個ばかりいっぺんに口に入れたようだ。

「偏屈な男だったな」

苦々しさを抑えかねている。

「田尻平太夫はおのれに不利な裁きが出たことに、いつまでも悔しさをにじませていた。わしのことを陰で、北原どのになにか弱みを握られているのではないかとか、金でもつかませられたのではないか、とか申していたらしい。あまりにくだらぬので、わしはきき流していた」

吐き捨てるようにいった。

「その気持ちは今も変わらず、そのことを佐吉に話したのだろう。思いきり悔しさをにじませておらなんだか」

佐吉の答えを待たず、左衛門が続ける。

「田尻の件、あれはこちらもしっかりと調べた」

佐吉は耳を傾けた。

「あの高田城の戦いは、清水家中などが我が毛利傘下に入ってはじめてといえる大きな戦だった。そんな重要な戦において、えこひいきなどできるわけがない。あの男、槍の名手と自らふいておったそうだが、実のところ、たいした腕ではないらしい。その一年前、松山城において討ち死した兄のほうは相当の腕だったそうだがな」

左衛門が鼻から太い息をだす。

「あやつの腕では、高田城で倒したと申す美作の武者、これもかなり高名な武者だったが、天地が逆さまになっても討ち果たせるはずがなかった。半時もの死闘など、馬鹿ばかしいものだった」

つまり、あの筋骨の盛りあがりは、見かけ倒しにすぎないのか。

佐吉は内心、首をひねった。

「高田城外に転がっていた武者の死骸も調べた。田尻は腹に槍の穂先を入れたと申したが、死骸にそのような跡はなかった。それにあの激しい乱戦のなか、しっかりとその場を見届けた武者がいた。その者の証言もあって、北原どのの言の正しさが証明されたのだ。えこひいきなどとんでもないことぞ」

証人のことは平太夫もいっていた。

「証人とはどなたでしょう」

ききながら、すでに見当はついていた。

「難波どのよ」

やはりそうだった。だから平太夫は、探索の矛先を難波伝兵衛にも向けるような言葉を吐いたのだろう。

「実際のところ、舅どのは北原どのと親しかったのですか」

佐吉の問いに左衛門が首を振る。

「それは今朝、話した通りだ。さして親しくはなかった。軍監という仕事は厳しい裁定をくださねばならぬし、万が一のときは城主も殺さねばならぬ。親しい友をつくるわけにはいかぬ。清水どのとは、意に反してずいぶんと親しくなってしまった」

左衛門が楽しげな表情をしてみせた。それは一瞬にすぎず、両眼に光が走り、すぐに厳しさが舞い戻ってきた。

「だからといって、もし清水どのを殺すべきときがきたら、わしは瞬時たりとも躊躇はせぬぞ」

よくわかっております、とばかりに佐吉は深くうなずいてみせた。

「わしが清水どのを殺すときは」

左衛門が遠い目をし、独り言のようにつぶやいた。

「もう永久にやってこぬだろうがな」

十二

気づかぬうちに日は暮れていた。

長い一日だったように思えたが、すぎてしまえばやはり短かった。

夕餉（ゆうげ）は塩気の濃い湯に、わずかな米粒が入った雑炊だった。青菜もない。

これでは空腹を満たすことなどできるはずがなかった。しかし食べられるだけ、まだましだった。

これでもっと状況がひどくなれば、米など一粒も入っていない塩の湯だけが供されるにちがいない。

佐吉の世話をしてくれている雑兵はすまなそうに、昼間に出たのが最後の握り飯だったのです、といった。

しかしこうも兵糧がないのでは、いくら清水宗治ががんばったところで、どうしようもない。

やはり遅かれ早かれ、開城は避けられないだろうか。

夕食を終えてしばらくして、佐吉は宿所を出た。

あたりは、濃厚な闇に深く包みこまれていた。だが、各所からにじみ出る灯がわずかな明るさをもたらしていた。

梅雨どきということもあり、湿気が多いようで、ところどころ靄がよどみ、かすかな風にあおられてゆっくりと動いている白い群れもあった。

空は曇り、今日も星の瞬きは見えない。月はない。もっとも新月も同然だから、雲がなくても見えないだろう。低い雲がぼんやりと明るいのは、堤上の篝火を受けているのかもしれない。

本丸の門のそばにつけられている舟に乗りこんだ。

「二ノ丸に行ってくれ」

舟が動きだした。

暗闇のなかを舟は進んでゆく。松明をつけるわけにはいかないようだ。宇喜多の軍船から狙い撃ちに遭いかねないのだろう。

船頭をつとめている雑兵は夜目が利くのか、佐吉が望む場所に舟をあっさりと着けてくれた。

「かたじけない、ここでしばらく待っていてくれ」

承知しました、という声を背中できいて、土塁脇の武者走りを歩く。二ノ丸は武者走りまで水はきていない。

佐吉は、甚兵衛が殺された兵糧蔵の裏に来た。そこで初めて下に降りた。

二ノ丸の水かさは変わっておらず、膝の下くらいまでだ。

ここなら大丈夫だろう。狙い撃ちにされることはあるまい。

佐吉は松明に火をつけ、兵糧蔵の裏をうろついた。

だが、なにも見つからなかった。

もっとも、なにか見つかることを期待して来たわけではない。甚兵衛が殺されたときの雰囲気を知りたかったにすぎない。

松明を消してみた。あっという間に夜が舞い戻ってきたが、闇というほどではなかった。敵勢の堤上に焚かれている篝火が、かなりの明るさを送ってきている。

これならば、顔はまず見わけられる。人まちがいをすることはない。

甚兵衛を殺した者は、甚兵衛と知って殺したのだ。

いつからか強い風が出てきていた。蔵と塀にはさまれたせまい場所なのに、気持ちよく通りすぎてゆく。あたたかな南風である。

明日は久しぶりに晴れるだろうか。ずっと降られて、青空を見ていない。

青空を見られれば、行く手をおおっている黒雲も一挙に取り払われて、探索も一気に進むような気がした。

宿所に戻ろうと蔵の表に出た。南風を頬に受けながら歩きはじめた途端、背後に殺気を感じた。

頭にのしかかってくるように猛烈な剣気である。

遣い手だった。佐吉は振り向くことなく、手にしていた松明を放り投げることでかろうじて避けた。

痛いような風が顔のそばを通りすぎていった。左耳を薄く斬られたかもしれない。

刀を抜く暇はなかった。再び頭上から刀が落ちてきていた。

相手が誰なのかも見極めることはできない。横に走ることで刀を避けようとした。

ばしゃばしゃと足元が鳴る。

相手は予測していたらしく、佐吉の逃げ場を封ずるように横から刀がやってきた。

佐吉は思いきり体をかがめた。間に合ったかほとんど自信はなかったが、強烈な風が吹きすぎたあと、ようやく顔をあげることができた。

生きていた。刀に手がかかった。

それを目にしたか、闇の何者かはいきなり体をひるがえした。

顔があるはずのあたりが夜に溶けている。黒頭巾をしているのだ。

待てっ。叫びざま佐吉は追った。水を打つ足音はきこえている。

だが、やがて足音は耳に届かなくなった。水がないところに逃げこまれたのだ。

くそう、見失っちまった。

男は闇のなかに消えていった。あきらめるしかなかった。

今のはいったい誰なのか。

軽く息をついた佐吉は足をとめて考えた。

おそらく、佐吉が知っている男であり、しかもあそこが夜でも顔がわかる場所であることも承知していたからこそ、頭巾をしていたのだろう。

おぬしを殺すなら、闇討ちしかなさそうだな。

伝兵衛の言葉が脳裏に浮かんだ。

今のは伝兵衛だったのか。

まさか、いくらなんでもそれはあるまい。戦場往来の武者だ、あれくらいの降りおろしは楽にできるだろうが、そんなことを実際にする人物とは思えない。

それに、もし闇討ちを考えていたなら、そのことを口にするはずがなかった。

それにしても、と佐吉はあらためて思った。先ほどの男はなんのために襲ってきたのか。

北原甚兵衛殺しの下人に近づいたからか。それとも、鉄砲で狙われたのと同じ理由か。

あまりになにもわからず、佐吉はじりじりした。短気を起こしたところでなにもならないから、とにかく冷静になれ、と妻の顔を思い浮かべて自分に命じた。

仮に、北原甚兵衛殺しの下手人に近づいたとしたら、今の男が下手人と考えていいのか。今日、会ったなかに下手人はいるのか。

いつの間にか、そばに番兵たちが何人か集まっていた。

一人、武者もいた。番兵たちの上の者だろうか。彼らは佐吉の叫び声をききつけて、駆けつけたのだ。

「どうかしたのか」

槍を手にした武者がきいてきた。

「血が出ているようです」

番兵の一人が自分の左耳に手を当ててみせた。

佐吉はさわってみた。血が手についたが、たいした傷ではなかった。痛みもない。

佐吉は名乗り、身分も告げた。

「すまなかったな、騒がせて」

武者と番兵たちを見まわした。

「今のはただのいい争いだ。忘れてくれ」

軽く一礼し、佐吉は背を向けて歩きはじめた。

舟を見つけ、本丸の宿所に戻った。ありがたいことに、宿所では一室を与えられている。一人、傷の手当をした。

手慣れたものだ。戦でもよく傷は負う。

どこへ行くにも、常に佐吉は一人である。本来なら小者くらいは連れていなければならないのだ。

しかし、よく気がまわり、佐吉とも馬が合った小者を一年ほど前に病で失って以来、佐吉は従者を連れるのをやめていた。

小者は芳次といった。幼い頃から常に身近にいた者だっただけに、死なれたときはつらすぎた。

耳の手当を終えてしばらくたったとき、訪ねてきた者があった。

ごろりと床に横たわって天井をにらみつけ、襲ってきた者の記憶をよみがえらせようとしていた佐吉は、がばっとはね起きた。

「起きていたか」

「舅どの」

左衛門があがりこみ、佐吉の前に腰をおろした。案ずる目をしている。

「襲われたそうだな」

佐吉は驚き、腰を浮かせかけた。

「なぜそれを」

「配下が教えてくれた」

「配下ですか」

佐吉は思いだした。あの番兵たちは左衛門の家臣だったのだ。

「顔は見たのか」

いいえ、と佐吉はゆっくりと首を振った。

「いいえ。暗い上に頭巾をしていましたから」

「用心深いな。正体は知れずか」

「はい。わかったのは遣い手だったことだけです」

左衛門が佐吉の左耳を見た。

「やられたのか。大丈夫か」

「たいしたことはございません。手当もすませました。膏薬を塗っただけですが、水穂の持たせてくれた薬にございます」

「そうか。紀陽丸だな。あれは傷には実によく効く」

いってから左衛門はうつむき、しばらく考えこんだ。

「手を引くか、佐吉」

思いもかけない言葉だった。

「とんでもない」

「しかしおぬしは水穂の大事な夫だ。他国のことで危うい目に遭わせたくはない。今日は虎口を逃れたが、しかしもし水穂を悲しませるようなことになったらと思うと、どうにもいたたまれぬ。おぬしは、わしにとっても大事なせがれだ」

舅が気づかっていってくれたのはわかったが、佐吉には冗談ではなかった。むしろ闘志は増している。

そのことを佐吉は左衛門に告げた。

左衛門が苦笑混じりにうなずく。

「おぬしの性格ではそうだろうな。わかった。とことんやるがいい」

佐吉は深く顎を引いた。

十三

つややかな光が一杯に射しこんでいる。

気持ちがいいものだ。空に雲はなく、蒼穹と呼ぶにふさわしい青さが天をおおい尽くしている。

宿所の外に出て、佐吉は思いきり体を伸ばした。日があるというだけで、体のあたたかみも全然ちがうのだ。

息をつき、あたりを見まわした。気持ちよさに引かれて油断はできない。

昨夜、襲われた場所に佐吉はいた。下人がなにか手がかりを残していないか、太陽の明るさを頼りにあたりを探しまわった。

だが、なにも見つからなかった。予期はしていたことで、落胆はなかった。

二ノ丸で一艘の舟を招き寄せ、三ノ丸の南の端へ行った。

武者走りに立ち、石井山を見た。大気が秋のように澄んでいることもあるのか、くっきりと見えた。

林立するおびただしい旌旗が、ゆるやかな南風にはためいている。

湖面にはさざ波が立ち、まぶしい太陽をきらきらとはね返している。

小さな鳥が水面ぎりぎりを飛んでいる。高空には久方ぶりの晴れを楽しむようにとんびが弧を描いていた。

ここが戦場であることを忘れさせるような、のどかさがあたりには満ちていた。

とはいっても、何艘もの宇喜多の軍船は湖上を我がもの顔に行き来している。盾の上に筒先をのぞかせている鉄砲が、今にも火を噴きそうな気がする。

堤もだいぶ近く見えた。堤上の敵兵もどこかのんびりしている。もはや勝ちが動かないことを熟知しているからだろう。

佐吉と同様に、敵陣を見に来ている者はほかにもかなりいた。

昨日、恵瓊がやってきたこともあって、誰もが敵の動きに興味をひかれているのだ。

「殿は恵瓊さまに文を渡したそうだ」

隣にいる武者が仲間に話している。

「文だと。どのような文だ」

「さあ、わからぬ」

「なんと書いてあるのだろうな。その文は誰宛だ」

「毛利のお殿さまではないのか」

「一戦をまじえたいと懇願する文かもしれんな」

「しかし、一戦するにしても、こんなに腹が空いては、勝ちは得られぬぞ」

「確かにな。この手も今朝は特に重く感じるぞ」

武者は右手に槍を握っている。

「まったくだ。わしは腰が重いわ」

武者が刀を叩く。

佐吉はほかの者たちを見まわした。軍船に注意深い眼差しを流しているが、のんびりと話をしている者がほとんどだ。

そのなかで、異質な者が一人いた。

むっ。目がその武者でとまった。

見覚えのある武者だ。北原甚兵衛の死骸を抱き抱えて涙を流していた清水宗治を、にらみ据えるように見ていた若い武者だ。堤の方向に、真剣な目を注いでいる。

佐吉は足で水をかき、武者走りを歩きだした。

「気持ちのよい日和だな」

武者の横に行って、声をかけた。

近くで見ると本当に若かった。十五、六しかに見えない。女を思わせるような顔立ちをしている。

武者は猫が驚いたようにびくりと身を引き、警戒する目で佐吉を見た。

「お知り合いでしたか」

かすれたような声できいてきた。

「知り合いというわけではないな」

佐吉は笑って答えた。

「知り合いでなくとも、話くらいしてもよかろう。家中は異なると申しても、互いに同じ城内で暮らす者だ」

快活な物いいを心がけたが、武者から警戒は取り払われない。

「おぬしは清水家中の者だな。俺は三原からやってきた」

武者がじろりと佐吉を見た。

「その小早川のご家中の方がなにか御用にござるか」

石のようにかたい口調でいった。

「いや、別に用事はない。ただ久しぶりのお天道(てんと)さまがあまりに気持ちよかったので話しかけたにすぎぬ。気にさわったのならこの通りだ」

佐吉は頭を下げた。

武者はうなずいてみせただけでなにもいわず、すっと横顔を見せてまた敵陣を見はじめた。佐吉が横にいることなど気にもとめていない様子で、一心に凝視している。

「どうだ、籠城はまだ続くのかな。じき開城との噂も流れているようだが」

佐吉がいうと、武者はうるさげに顔を向けてきた。佐吉を見据える。

迫力があるわけではない。身なりはよく、相当の家の者だろうから家来もそれなりにいるはずだ。家来たちはこうしてにらまれたらきっと怖れ入ってしまうのだろうが、佐吉に通じるはずがなかった。

「邪魔をしたのなら謝る。そんな怖い顔をせぬでもよい」

武者がくるりと背を向け、水音も高く歩きはじめた。

佐吉はその背中に問いを浴びせた。

「おぬし、名は」

武者は答えない。すねたように鎧をがちゃがちゃと派手に鳴らし、水を蹴って行こうとしている。

佐吉はすぐに追いつき、武者の耳もとにささやきかけた。

「長谷川掃部を知っておるか」

目の前で分厚い扉が閉まったかのように、武者は足をとめた。予期してはいたが、十分すぎる手応えだった。

武者が佐吉に向き直った。

「いったいなにがいいたくて、先ほどからごちゃごちゃ申されておるのかな」

怒ったように言葉をぶつけてきた。

「その長谷川掃部とか申す者、それがしは知らぬ。これで満足されたか、お目付どの」

吐き捨てるようにいい、武者が体をひるがえした。小走りに武者走りを行くその姿は、兵舎の陰に隠れてすぐに見えなくなった。

ふむ、正体を知られていたか。

おそらく甚兵衛の死骸を調べていたところを見られたのだろう。昨日、目が合ったことも覚えていたのかもしれない。

多分、やつには馬鹿な芝居としか映らなかったろう。なぜ目付が近づいてきたかも、長谷川掃部の名をだしたことで知られたかもしれない。

もう少しうまいやり方はなかったのだろうか。

名さえもききだせなかった。佐吉はばしっと刀の柄を叩いた。手がじいんと痛かった。

「富田弥九郎さまでございますな」

うしろから声がした。振り返ると、徳蔵がにやにやしながら近づいてきた。

「富田弥九郎とは」

「今のお侍のことにございます」

なにっ。

佐吉は、武者が消えていった方向に目をやった。

「おぬし、知っておるのか」

顔を徳蔵に戻してたずねた。

「それはまあ。なんといっても、清水さまのご家中ですからね」

「いったい何者だ」

「富田弥九郎さまは――」

「おまえだ。なぜ俺にまとわりつく」

まさかこいつが昨夜、襲ってきたのか、と一瞬考えたが、すぐに、ちがうとの答えが出た。

徳蔵はあれだけの遣い手ではない。研ぎすまされた爪を隠してなどいない。遣い手がいくら凡手を装ったところで、佐吉の目をごまかすことはできない。徳蔵はただの雑兵にすぎない。

だからこそ、逆にこの男の意図がわからないのだ。昨日はきっかけをつくりたい、とか、背に腹はかえられないというようなことをいっていたが、なんのことなのか。

「まとわりつくだなんてそんな……」

徳蔵は泣きだしそうな顔をしてみせた。

「手前はただ、川名さまの手助けをしたい、それだけの気持ちなんでございますから」

「まあよかろう」

佐吉はいって、舟を呼んだ。本丸の裏手にある武器庫の陰に徳蔵を連れていった。

「富田弥九郎というのは何者だ」

向き合ってあらためて問うた。

はい、と徳蔵がうなずく。

「土地のお侍で、以前は石川のご家中でございました」

「富田家は大身か」

「大身というほどではございません。確か、弥九郎さまの父上が起こされた家ときいたように。せいぜい二十名を率いられるほどだったと思います」

佐吉は徳蔵を見た。

「おぬし、長谷川掃部という侍を知っているか」

「長谷川さま……いえ、存じません。どこかでおききしたような気はするのですが」

「富田家というのは長谷川掃部とつながりはなかったのかな」

佐吉は独り言をつぶやいた。

「調べてみましょうか」

徳蔵が申し出た。

佐吉は徳蔵を見つめた。このことは自分で調べてもきっとわかるにちがいない。しかし、今は土地の者の力を借りたほうがいいかもしれない。

そうすれば、この男の本当の狙いもわかってくるだろう。

「よかろう、調べてくれ」

佐吉は許しを与えた。

「だが慎重にやれ。下手をすると、命を失いかねぬぞ」

徳蔵はさすがにびっくりしている。

「臆(おく)したか。だったらやめてもかまわぬぞ」

徳蔵はあわてて両手を振った。

「やらせていただきます。川名さまのご期待に添えるよう、きっとしとげてご覧にいれますから」

一度、頭を下げた徳蔵がもみ手をした。

「その長谷川さまというのは、七年前、清水さまに討たれた長谷川さまのことでよろしいのでございますか」

「思いだしたか」

「はい」

「その通りだ。やれるか」

「富田家と長谷川さまにつながりがあったかを調べればよろしいんですね」

「そうだ」

「承知いたしました」

これで用はすんだが、徳蔵は立ち去ろうとしない。

「なんだ、まだなにかあるのか」

へえ、と徳蔵は小腰をかがめた。

「昨日の話、お役に立ちましたか」

「清吉のことか。うむ、役に立った」

「清吉は、北原さまをうらみに思っていましたか」

佐吉はすっと徳蔵に歩み寄り、胸倉をつかんだ。ぐいと顔を近づける。

「おまえ、清吉が北原どのの馬の前に蛇を落とすのを見ていたな」

ささやくようにいった。

徳蔵が息を入れようともがいた。

「いえ、見てはおりません」

「だったらなぜ知っておる」

「手前はあの日、やつが蛇をつかまえたところを見ただけなんで。そのあと北原さまが落馬されて、しかもそれが蛇が理由ときいて、なるほどなあと思った次第でして」

そういうことか。

佐吉は徳蔵を放した。徳蔵は二歩ばかり下がり、首筋をなでさすった。

「清吉を引っ立てますんで」

いや、と佐吉は首を横に振った。

「それは俺の役目ではない」

佐吉は徳蔵に近づいた。徳蔵は下がろうとして、土塁に背中をぶつけた。

「おまえこそなにゆえ役人に清吉のことをいわなかった」

「蛇をつかまえたところを見ただけでは証拠にはなりません。焼いて食ったといえばそれまでですし。精をつけるために手前もよく食べますし」

「やはり清吉が怖かったか」

徳蔵はおびえた目でうなずいた。

「そりゃもう。あいつはなにをしでかすかわからない男ですから。兄貴の太吉も怖ろしいやつだったが、あいつはそれ以上でしょう」

清吉のあのやわらかな物腰は本性を隠すための鎧にすぎないのか。

「用はそれだけか」

「いえ、まだありますんで」

「なんだ」

徳蔵が声をひそめた。

「一つ思いだしたことがあるのです」

「きこう」

「もしかしますと、もう一人北原さまをうらんでいたお人がいるんではないかと思われるのでございます」

　お人、と佐吉は思った。

「侍か」

「その通りで」

「よし、話せ」

　徳蔵が首を上下させた。

「三年半ほど前のことなんですが」

　そんなに前か。

　その思いを読み取ったか、徳蔵が不満げに口をとがらせた。

「でもお侍というのは、ずうっと昔のことでも、うらみを持ち続けるそうじゃございませんか」

　それは紛れもないことだ。佐吉だって例外ではない。

　正直にいえば、七年前に死んだ実の父の仇を討ちたくてならない。備中松山城の戦いで父を討った者はいまだに誰とも知れないのだが、この気持ちは生涯、消えることがないのがわかっている。

　もしその敵が今は城内にいるとしても、暗黙の掟が存在する以上、殺そうと考えることはまずない。

いや、どうだろうか。そのときになってみなければわからない。

七年前、佐吉も小早川隆景の松山城攻めに加わっていた。父の死は、乱戦となり、強敵と渡り合った佐吉が父のそばを離れたわずかな隙に生まれた。

敵を打ち殺して戻ったら、父は首のない死骸と化していたのだ。

それだけに、父を死なせてしまった、との思いは強い。父を死なせなければ、その後、母もあんなふうにならなかったかもしれない。悔やんでも悔やみきれなかった。

「その通りだな、よし、話せ」

佐吉は徳蔵にあらためて命じた。

手のひらをさすり、徳蔵が話しだす。

「三年半ほど前、北原さまは城内で斬り合いを演じているんでございますよ」

「城内というと、この城のことか」

「さようでございます」

徳蔵によると、三年半前のその日は旧主石川久孝の命日で、家臣たちは総登城したそうだ。隠居の甚兵衛も久しぶりに城にのぼったという。

多くの僧が経をあげ、その後、宗治から家臣たちに酒がふるまわれた帰路、大手門近くで甚兵衛は侍にいきなり斬りかかられたのである。

しかし、甚兵衛はものの見事にその侍を返り討ちにした。そのあたりは老いたとはいえ、さすがに剛の者だった。

いきなり襲いかかられたのを多くの者が見ていたため、甚兵衛はなんの咎めも受けなかった。

「おぬしもその場にいたのか」

「いえ、まさかそのようなことはございません。またぎきでして」

佐吉はうなずいた。

「襲った侍というのは」

「岡本太郎次郎さまでございます」

初めて耳にする名だ。

「その岡本という者はなにゆえ北原どのに襲いかかった」

「あくまでも噂でございますが」

徳蔵は前置きをした。

「狂乱の末、といわれました」

佐吉は首をかしげた。

「狂乱の理由は」

「どうやら戦でおかしくしたものと」

戦で頭のおかしくなった男が甚兵衛を殺そうとした。

しかしなぜ甚兵衛なのか。帰途、目の前にいたから、では説明にならない。

狂乱ならば、広間のほうがよほどふさわしい。そこなら人が大勢いる。獲物にはこと欠かない。

それに狂乱しかねない者を、いくら総登城の日だったといえども、家の者が外にだすだろうか。

ふむ、と佐吉は考えた。

「北原どのにうらみを持っている、とおまえが考えているのは、つまりその岡本太郎次郎の血縁か。城内にいるのだな」

徳蔵がぴょこんと頭を下げた。

「その通りでございます。太郎次郎さまの跡取りがいらっしゃいます。名は新太郎さまといったと存じます」

「ほう、跡取りがな」

しかし、狂乱が事実だったとして、それで甚兵衛に斬りかかり、返り討ちにされてうらみを持つだろうか。甚兵衛としては、やむを得ず自らを守ったにすぎない。

とにかく当たるだけ当たってみよう。佐吉は決意した。なにか裏があるかもしれない。

「その岡本家だが、当主がそんなことをしでかして取り潰しにはならなかったのだな」

跡取りが清水家の被官として入城している以上、そういうことなのだろう。

徳蔵がこくりとうなずく。

「確か、減知されたとだけうかがいました」

そうか、とだけ佐吉はいった。

十四

岡本新太郎は、本丸の井楼に詰めていた。

佐吉は、井楼の番士のなかで最も上の武者にわけを告げ、新太郎を外に連れだした。

新太郎ははいったいどこへ、と不安そうな顔をしている。

すぐに宿所に着き、佐吉は新太郎を自分の部屋に案内した。

気をほぐす意味もあって、まず歳をたずねた。

二十四歳とのことだ。岡本太郎次郎の嫡子で、二つ下の次男も城に入っていると、徳蔵にきかされている。

徳蔵の説明によると、岡本家は四百四十石取りだそうだ。減知されて、なお清水家中で上位を保っている。

新太郎はやや気の弱さを感じさせるが、なかなか端整な顔立ちをしていた。長身で瘦せている。

筋骨はほとんど目立たない。

「薪が不足しているということで、白湯もだせぬ。申しわけない」

「いえ、かまいませぬ」

「それでは、さっそく質問をはじめさせてもらう」

「はい」

新太郎は緊張している。生け捕りにされた鹿のように目が不安げに揺れている。

佐吉は、ここまで来てもらった理由を告げた。

「つまりお目付は」

新太郎がかたい表情で応じた。

「北原どのに父を殺されたことをうらみに思い、それがしが北原どのを、と疑われているわけですね」

　佐吉は微笑した。

「疑っているというわけではなく、少し話をうかがいたいということだ」

　新太郎の顔はやわらごうとしない。

「三年前、いやもう四年前になりますか、それがしはあのときの遺恨を心に抱いてなどおりませぬ」

　新太郎は意外と思えるほどの力強さで断言した。

「あれは父が悪いのでござる」

　佐吉はうなずいてみせた。

「親父どのの狂乱の理由をきかせてもらってもかまわぬか」

　新太郎が形のいい眉をひそめた。

「いわねばなりませぬか」

「できれば」

　新太郎があきらめたように息をついた。わかりもうした、といった。

「北原どのに斬りかかった事件よりさかのぼること二年、父はとある戦で頭を打たれたのでござる」

六年前か。最近、耳にしたばかりだ。

「その戦というのは美作の高田城かな」

「その通りにござる」

佐吉は新太郎を見つめた。

「しかし狂乱した親父どのは、なぜ北原どのを襲ったのかな。別に北原どのでなくとも、ほかにも大勢、人はいただろうに」

「それは、それがしにもよくわかりませぬ」

新太郎が力なく首を振った。

「狂乱ではなく、意図をもって北原どのに斬りかかったとは、考えられぬか」

新太郎が驚き、たじろぐ。

「そんなことはありませぬ」

すぐに立ち直って、答えた。

明らかになにか知っているような顔に見えたが、今のところ佐吉に引きだすすべはない。

一つ問うべきことを思いだした。

「今、岡本家は四百四十石とのことだが、親父どのの一件で取り潰されることもなく、しかも減らされた禄はわずかに四十石とか。これはなぜかな。事情をご存じか」

新太郎が顔を伏せた。

「それがしには、我が家がそれなりの家柄であることとしか思い当たりませぬ」

新太郎がいうには、岡本家は石川家より枝わかれした一門であり、しかも宗治の曾祖父、祖父のときに二代続けて清水家から婿入りして家を継いでいるという。

清水家とはかたい結びつきを持つ家であるとのことだった。

なるほど、それだけの血のつながりがあれば、宗治の庇護があってもおかしくはないだろう。

それにしても、太郎次郎の北原甚兵衛襲撃の裏を知りたかった。

誰か話してくれる者がいないだろうか。考えるまでもなく、難波伝兵衛の顔が浮かんできた。

伝兵衛は知っているだろうが、話してはくれまい。

舅はどうか。事件そのものは知っているだろうが、真相は知らないのではないか。

今のところはあきらめることにした。

「では岡本どの、あらためてうかがう」

佐吉は姿勢を正した。

新太郎も緊張し、体を棒のようにまっすぐに伸ばした。

「四年前のことを遺恨に思い、北原どのを殺してはおりませぬな」

「むろんにござる」

新太郎がはっきりと答える。

この若者は下手人ではない。そのくらい見抜ける目は持っているつもりだ。

戦の経験もろくになさそうなこの若者に、甚兵衛を殺せるはずもない。

新太郎を解き放つ前に、決まり文句を佐吉は口にした。

新太郎は首を振った。

「北原どのに遺恨を持つ者に心当たりなどありませぬ。それがし、北原どののことはほとんど存じませぬゆえ」

そうだろうな。あまりに若い。

「お手間をおかけした。どうぞ、持ち場に戻ってくだされ」

ていねいに一礼して歩きだした武者を佐吉は見送った。

宿所を出た佐吉はどこへ行くでもなく、適当に歩を進めた。

二ノ丸に出ようとしたときだった。お目付どの、と背後から呼びとめられた。

佐吉はさっと振り返った。そこには別れたばかりの新太郎が立っていた。

「おや、なにか思いだされたか」

新太郎がやわらかな笑顔をつくった。

「いえ、新太郎ではありませぬ」

佐吉は、なにをいわれたかわからなかった。

その佐吉のいぶかしげな顔を見て、武者がくすりと笑みを漏らした。

「岡本助次郎と申します。それがしは新太郎の弟にござる」

佐吉はまじまじと見た。

よく似ている。似ているが、そういわれてみると、新太郎より二つ若いのがわかる気がした。

弟のほうがやや肉づきがよく、体つきはがっしりしている。

「さようか。弟御か」

佐吉は助次郎に相対した。

気が強そうな面をしている。瞳がよく輝き、鎧姿は兄より武者らしかった。

「それで、なにかご用か」

佐吉はたずねた。

「実は、失礼ながら兄とのお話をきかせていただきました」

「どこで」

助次郎がにっとする。

「お目付どのの宿所の隣の間にござる」

「ひそんでいたのか」

「まあ、そういうことにござる」

助次郎がしらっといった。

気づかなかった。新太郎に集中していたとはいえ、一度命を狙われた身としては迂闊としかいいようがない。表情にはださず、佐吉は苦虫を嚙みつぶした。

「それで用とは」

助次郎が大きく顎を上下させた。

「実は兄は口どめされているのでござる」

いきなり本題に入ったようだ。

佐吉は考えをめぐらせた。

「親父どのの死に関することだな」

「その通りにござる」

佐吉は助次郎を見つめた。

「口どめは誰に命じられたのかな」

助次郎は、ほんのわずかなためらいも見せなかった。

「難波伝兵衛どのにござる」

またあの男が出てきた。それだけ清水家中で重きをなしているということか。

「難波伝兵衛どのか」

佐吉は復唱した。

「ええ。ご存じでござるか」

「存じておる」

「さようにござるか。それなら話ははやい」

助次郎が勢いこんで、続けた。

「兄は難波どのに、まことのことを話せば家をつぶすと脅されたのでござる。生涯、貝のごとく口を閉じていれば家は続く、と」

「それがしを呼びとめたのはなぜかな。口止めされたまことのことを話すためか」

「さようにござる」

「よろしいのかな。家のほうは大丈夫かな」

佐吉は確かめた。

助次郎は快活な笑みを見せた。

「口どめされたのは兄でござる」

その答えを気に入った。佐吉もにこやかに笑った。

「なるほど」

「そう、家を守るために兄は口をつぐんでいるのでござる。家を守るために、難波どのの四十石の減知という処分をありがたく受けたわけにござる。それがしは兄を心より敬愛し、そういう兄を決して責めてはおりませぬが」

「真実を話して、助次郎どのに益があるとは思えぬのだが」

助次郎がほほえんだ。

「その通りでござるな」

「なのに、真実を話そうという」

助次郎が左の鬢を軽くかいた。

「お目付は、開城の噂をご存じか」

これが前置きであるのはわかった。

「うむ、耳にしておる」

「では、殿が腹を召されることも」

「それはまだ決まったわけではない」

　さようでござるか、と助次郎がいった。

「さすがにお目付どのだ。詳しいことをご存じだ。それなら、噂が先走っているということになりもうそうか」

「おそらく」

「しかし噂がまことを伝えており、もし殿が腹を召されるのなら、難波どのもきっとそうされましょうね」

　それはまずまちがいなかろう。これまでともに戦い、生き抜いてきた兄弟なのだ。兄一人を死なせて、自分だけは生き残るというような真似を難波伝兵衛はするまい。

「となると、難波どのは父に汚名を着せたままあの世に旅立つことになり申す」

「汚名だと」

「さよう。狂乱という汚名にござる」

「では、親父どのが北原どのに斬りかかったのには理由があった」

　こんなに早くわけがきけることになるとは思っていなかった。

「さよう、理由はござった。もちろん狂乱などではありませぬ」

助次郎は首を大きく縦に振った。

「難波どのは殿に殉ずる武士の鑑（かがみ）として死ぬことになるのに、我が父には汚名を着せた。それが許せませぬ」

助次郎が力んだ顔をつとゆるめた。

「いや、もってまわったいい方はよしまする。難波どのは関係ありませぬ。父の死の真実を、誰にも漏らさぬ方に知ってもらいたかった、ただそれだけのことにござる」

助次郎が心中を吐露した。

「これまで兄にならってずっと口を閉ざしてきましたが、ここ最近、どうしてか人に話したくてならなくなりもうした。長い籠城暮らしの終わりが、ようやく近づいたからかもしれませぬ」

とにかく、ここで話せることではないようだ。人目がある。

本丸にある宿所に入る。自室に足を踏み入れた佐吉は、向かい側の板戸を静かに横へと滑らせた。

誰もいない。薄暗さが主として居座っているだけだ。

「さすがに用心深うござる」

助次郎が声をかけてきた。

二人は対座した。

助次郎はすぐに話しだした。

「父の岡本太郎次郎は、二十五年前、岡本家に入った養子でござった。もとは北備中の名家長沼(ながぬま)家の第三子にござる」

長沼家のことは、佐吉も耳にしたことがある。以前、北備中でそれなりの勢威をふるった家で、今はとうに衰えてしまってはいるが、血筋だけは、当時あるじとして仕えていた秋山家よりはるかに上といわれていた。

秋山家といえば、と佐吉は思いだした。北備中の有力な豪族だった。

「長沼家は、長兄で家督を継がれていた将監(しょうげん)さまが病死されたこともあり、次兄の右近(うこん)さまが跡を継がれており、将監の嫡子右馬丞(うまのじょう)さまも近習として、あるじの秋山内膳(ないぜん)どのに仕えており申した」

「うむ」

言葉短く佐吉は相づちを打った。

「四年前の九月、秋山内膳どの、そして内膳どのの盟友である須々木孫右衛門(すすきまごえもん)どのがここ高松城を訪ねてまいった。両名はそのとき城中で討たれもうした」

秋山内膳、須々木孫右衛門。この二人の名は佐吉も知っていた。

須々木家も秋山家と同じく北備中の豪族で、以前は清水家と同様に石川家の被官だったが、七年前の三村家の滅亡のときに、清水家と袂をわかった。

両人は、清水宗治の家臣となるのをきらったといわれている。

「とうにお目付どのはご存じかもしれませぬが、二人が殺された経緯は次のようなものでござった」

二人が殺される五ヶ月前、小早川隆景を大将とする毛利軍の上月城攻囲戦に、清水宗治もこのあたりの兵のほぼすべてを率いて参加していた。

その出陣の隙をつき、秋山、須々木勢は高松城を攻めたのである。

西播磨の要衝上月城には、尼子勝久とその重臣である山中鹿介らが籠もっていたが、秋山、須々木両人の高松城攻撃が、上月城救援にやってきていた羽柴秀吉の使嗾によるものであるのは明らかだった。

上月城をはさんでの戦いは毛利方三万、救援軍である羽柴軍一万と、兵力に大きな差があり、羽柴方に不利に進んでいた。

この戦局を打開するために秀吉は秋山、須々木に命じ、毛利の背後の攪乱を目的に、高松城を攻めさせたのである。

空き城も同然だった高松城はたやすく破られた。だが、秋山、須々木の両勢は城を確保することなく、あっけなく引きあげた。

そのとき城にいた宗治の嫡男源三郎を連れ去ったのだ。

秀吉のこの策が上月城の戦局に影響を与えることはなかったが、嫡男を奪われた宗治にとっては、一大事以外のなにものでもなかった。

驚愕した小早川隆景はすぐさま城に立ち戻るように命じ、宗治もその言葉に即座にしたがった。

高松城に帰った宗治は、使者を急ぎ秋山内膳のいる秋山城へ向かわせた。

内膳は使者に対し、秋山家に宗治の次男を養子として即座に入れ、二年後、成長を待って須々木家から娘を妻として迎えること、さらに宗治は毛利と手を切り、羽柴の麾下となることを要求した。

宗治から全権を与えられていた使者はそれらの条件をすべて呑んだ。

使者の報告を受けた宗治はためらうことなく次男を秋山家に向かわせ、秋山城にとどまっていた使者は次男を身代わりに源三郎を取り返した。

嫡男の無事を確認した宗治は、毛利との縁切りを小早川隆景に伝えることを口実に、再び上月城へ向かった。

そして上月城の落城を見届けて、七月上旬、再び高松に帰ってきた。

このときすでに秋山、須々木両名は羽柴秀吉といううしろ盾を失っていた。秀吉は播磨の中心である三木城の攻撃に専心することになり、上月城を見捨てたからだ。

この羽柴勢の撤兵が、上月落城の大きな原因となっている。

毛利の領内に孤立した形となった秋山内膳、須々木孫右衛門は、清水宗治が毛利とまだ手を切っていなかったことを知り、それを僥倖(ぎょうこう)とばかりに取りなしを願い入れた。

宗治は快諾し、あらためてかための盃(さかずき)をということで、二人を高松城に招いた。

二人は謀殺を警戒し、それぞれ三百もの兵を引き連れて城にやってきた。

宗治は顔色一つ変えずに六百の兵を城内に入れ、二人を居館に導いた。自ら酒をがぶ飲みしてみせ、二人の警戒心を取り払うように機嫌よく酔った。

お二人とはすでに縁戚(えんせき)も同然、この宗治、お二人のために力を尽くしましょうぞ。

秋山と須々木の二人もそれでようやく気を許し、酒を飲みはじめた。

酔って歌まで歌いはじめたほどだったが、そこを宗治の家臣が一気に取り囲んで二人を討ち果たしたのである。

同日、人質として秋山城にいた宗治の次男は別働隊によって無事、取り戻された。

秋山内膳はほぼ全兵を率いて高松城に来ていたために、城は空だった。

一度してやられた宗治の意趣返しともいえた。

高松城内にいた二人の兵の六百名は無事に帰された。あるじの仇を討とうとする者は、一人としていなかった。

このあたりの事情は、佐吉も知っていた。秋山、須々木両人の謀殺を命じたのは小早川隆景とも噂されたが、向背の定まらない有力な武将を二人、抹殺しただけのことで、似たような話はそれこそ路傍の石ほどに転がっている。

ただし、この話はそれだけでは終わらなかった。

「父の兄である長沼右近さま、甥の右馬丞さまもこのとき、秋山内膳らとともに討たれもうした」

助次郎はいい、続けた。

「それに、我らにとっては叔母に当たる父の妹が、秋山家の家臣山岡家に嫁ぎ、一子をもうけておりもうした。その子も右馬丞さまと同様に、内膳どのの近習をつとめており、やはりここ高松城内で殺されました。まだ二十二でした」

助次郎がうつむく。

「叔母は一人子の死から三月後、魂がぽろりとはがれ落ちるように亡くなりもうした。気の衰えが死病を運んできたことは疑えませぬ。我が父は叔母だけでなく、その子もかわいがっておりもうした。もしかすると、我ら兄弟よりかわいがっていたかもしれませぬ」

この一連のできごとがどこで北原甚兵衛につながるのか、今のところ佐吉にはわからなかった。

「父は、やつだけは許せぬ、と常々申しておりもうした。北原甚兵衛どのが秋山内膳、須々木孫右衛門を高松城に招く使者をつとめたからでござる」

そういうことか。

「北原どのは石川家に仕えていた頃より、秋山、須々木両人と懇意にしていたそうにござる。その北原どのが言葉を尽くして清水宗治という武将の愚直さ、律儀さを説き、命の危険などあるはずがないことをとうとうと述べたために、二人はついに来城を決意したのでござる。北原どのの働きによって、兄と甥、妹までも失った父は、やつさえこの世にいなければ誰も死ぬことにはならなかった、と無念そうに申しておりもうした」

それで、岡本太郎次郎は意趣を晴らすために北原甚兵衛に襲いかかった。

しかし、北原甚兵衛は宗治の意を受けて、つとめを果たしたにすぎない。この場合も、斬りかかられるべきは、宗治でなければならない。

佐吉はそのことを助次郎にいった。

助次郎はそういわれることを予期していたようだ。

「確かにその通りでござる。しかし、これが肝心なのでござるが、高松城中で父の兄と甥を手にかけたのが、北原どのその人ではないか、といわれているのでござる。あくまでも噂ではござるが」

それならわかる。兄と甥を殺し、妹を死に追いこんだ張本人ということである。岡本太郎次郎が北原甚兵衛の命を狙ったのも、解せるというものだ。

しかし、難波伝兵衛はこのことすらも北原甚兵衛の死に関係がないと判断しているのだろうか。

岡本家存続のために、太郎次郎は狂乱した、ということで伝兵衛はかたをつけた。新太郎としては、この条件を呑まざるを得なかったのだ。武士にとって家以上に大切なものはない。

だがもし似たような事件が起きたとき、同じ始末のつけ方を期待されても困る。だから口を閉じさせた。こういうことか。

助次郎が大きく息を吸った。

「これがすべての顚末（てんまつ）にござる」

佐吉は目の前の若武者を見つめた。

「親父どのの仇を討とうと考えたことは」

「一度もござらぬ」

かたい顔でいって、助次郎が表情をゆるめた。佐吉に気を許した笑顔だ。

「これも正直に申しましょう。一度どころではござらぬ。何度も考えもうした。しかし、せっかく存続の決まった家のことを考えると、なにもできなんだ。それに、父の一件で一度は破談となった婿入りが、再びまとまったのでござる。それがしの気持ちを知って、自重をずっと説き続けてくれたのが、このたび妻となる娘にござる。生きてこの城を出られたら、晴れて夫婦となることが決まっておりもうす」

助次郎が少し遠くを見る目をした。

「お目付どのにすべてを話したのも、実を申せば、近々難波どのが腹を切ることがわかり、それで呪縛が解けたからにござる」

佐吉は優しくうなずいた。

「生きてさえいればいいことがあるという好例だな。これからも命を粗末にすることなく、生き抜くがよい。清水さまや難波どのが自らを犠牲にして、くだされる命ゆえ」

佐吉は、いいきってしまったおのれに気づいた。

だが、ことここに至っては、いかに宗治が拒絶しようと、どう考えても開城するしか道はない。

しかし、毛利家の者として、外様の宗治に腹を切らせてすべてを終わらそうとする姿勢は、腹が煮える。

もう少し武家としての威勢というものを示せないか。

このままでは、清水宗治にすべてを負わせることになる。自分たちはまったく無傷のままではないか。佐吉の殿である隆景をはじめ、毛利家の上の者たちはそれで平気なのだろうか。

家を守るためなら、外様の武者の一人や二人、殺しても、気にならないのだろうか。

清水宗治は羽柴秀吉から、味方すれば備中一国を与えるという好条件を示されたのに、あっさり蹴ったと噂されている。それは毛利家に忠誠を誓っているためとのことだ。

そんな武者を犬死にさせて、毛利家の者は平気なのか。

いや、そんなことはあるまい。内心は忸怩たる思いで一杯だろう。

本音は戦いたくてならないはずだ。清水宗治も殺したくない。

だが、やはり毛利家を守ることを優先すれば、清水宗治には死んでもらうしかないのだ。

殿はきっと嘆き悲しんでおられるのではないか。心優しいお方ゆえ。

佐吉は、小早川隆景の顔を脳裏に思い描いた。

十五

家中屋敷の曲輪に行き、難波伝兵衛を訪ねた。

伝兵衛は佐吉を見て、うんざりした顔を見せることを忘れなかった。

すぐに客間に通された。

「それで今日はなんだ」

佐吉は姿勢を正し、岡本太郎次郎が遺恨をもって北原甚兵衛に斬りかかったのを、なぜ狂乱の上、として始末をつけたのか、たずねた。

伝兵衛が顔を険しくする。

「そのこと誰にきいた」

「それはいえませぬ」

伝兵衛が考えこむ。

「岡本新太郎ではないな。あの男に話す度胸などなかろう。下の弟か。助次郎といったか。兄とはちがい、やつは気の強そうな面をしておった」

　伝兵衛が荒く息を吐いた。

「わしが死ぬのを知って、やつは話したか」

　佐吉は表情を変えず、問い返した。

「やはり難波どのは腹を召されるのですか」

「まだ決まったわけではない」

「清水さまは、とことん戦い抜くと、恵瓊どのにおっしゃったそうですね」

「当然だ。我らは負けておらぬ」

「しかし、このままではどうすることもできませぬ」

　伝兵衛がにらみつけてきた。

「おぬしも殿に開城を勧めるつもりか」

「滅相もない。それがしは目付として、最後の最後までお付き合いする覚悟でおります」

　伝兵衛がわずかに表情をゆるめた。

「朝飯は食ったか」

「はい」

「なにを食った」

「薄い雑炊です」

「わしらと同じか」

伝兵衛が腹を押さえた。

「空腹はつらいな」

「まことに」

佐吉は伝兵衛に強い目を当てた。それでひるむような男ではなかった。

「岡本どののことですが、破約したゆえ、家を取り潰しますか」

伝兵衛がにやりとする。

「そのような真似はせぬ。どうせいいわけも用意してあるのだろう」

「いいわけですか」

「他言無用を約したのは兄であり、弟はそんな約束はしておりませせぬ。ちがうか」

佐吉は笑っただけだ。

「かまわぬ。おぬしも口にすることはあるまい。もし口外したら、枕もとに化けて出ようぞ」

伝兵衛とは思えない冗談だ。

佐吉は胸がつまった。本当にこの男は死んでしまうのだろう。

伝兵衛は、佐吉の表情の変化に気づいたようだ。

「憐れんでくれるのか」

ふふ、と伝兵衛が笑った。

「それはそうと、最初の問いに答えよう」

明るい口調でいった。

「なぜ岡本太郎次郎を狂乱という始末のつけ方をしたか。岡本家は将来、必ず清水家の力になる重要な家だからだ。当主が刃傷沙汰を起こしたからといって、たやすく潰すわけにはいかなかった。北原どのの懇願もあった。ただそれだけのことだ」

甚兵衛が懇願したのか。

佐吉は頭をめぐらせた。

そこまでやったということは、秋山内膳、須々木孫右衛門をこの城内でだまし討ちにしたとき、甚兵衛が岡本太郎次郎の兄と甥を討ったのは事実だったのかもしれない。

「探索は進んでおるのか」

伝兵衛が再び口をひらいた。

「いえ、たいして進んでおりませぬ」

「それは困ったの」

「難波どのに、是非とも教えていただきたいことがあります」

「なにかな」

佐吉は息を吸いこんだ。

「直家じゃな、直家じゃな。北原どのが申したこの言葉ですが」

佐吉は静かに伝兵衛を見やった。

「四年前、秋山内膳、須々木孫右衛門が殺されたときを指しているのではありませぬか。やり口が直家に似ているという意味で」

伝兵衛が首をひねる。

「さて、どうだろうかな。いわれてみれば、そういうふうに思えぬでもないが」

「北原どのは秋山、須々木両名をこの城へおびきだしたそうですね」

「その通りだ。わしがそうしてくれるよう頼んだ」

「両名討滅の場に、北原どのはいたのでしょうか」

「むろんだ。北原どのの導きがなかったら、秋山、須々木の両人は少数の供を連れたのみで居館まで足を運んだかどうか。北原どのが言葉を尽くし、二人を居館に押しこむようにしたのだ」

　助次郎は、宗治が二人の手を取らんばかりに、といっていたが、実際二人に手綱をつけてひっぱっていったのは甚兵衛だったのだろう。

「北原どのの役目は、二人をおびきだすだけで終わりだったのですか」

　伝兵衛がかすかに顔をしかめた。

「ふむ、これもおぬしは口外せぬだろう」

　自らにいいきかせるようにいった。

「北原どのは秋山内膳を討った」

「秋山内膳を。しかし、北原どのはすでに隠居していたのではありませぬか。隠居の身でそこまでしてのけたのですか」

「そう、やってのけたのだ」

　伝兵衛は首を深くうなずかせた。

「内膳を殺してのけたのは、余人にはまかせたくないという気持ちからのようだ」

　伝兵衛が顎をひとなでした。

「須々木孫右衛門はわしが討ち取った」

　そうだったのか。

「秋山内膳の近習を殺したのは、なにゆえでしょう」

「岡本の血縁のことを申しているのか。あれは自害だ。内膳を討ち取った北原どのが、剣を捨てれば命は取らぬといいきかせたが、殿に斬りかかっていった。それで仕方なく北原どのが相手をした。それで軽傷を負わされて倒れた。そのとき脇差を自らの首に突き刺したのだ。北原どのは死骸のかたわらにひざまずき、無用の命を奪わざるを得なかったことに涙していた」

「その一連のできごとを、詳しく知っている者は城内におりますか」

いるな、と伝兵衛はいった。

「殿、わし、末近どの」

舅どのも知っているのか。しかしこの城には何度も来ているし、秋山内膳、須々木孫右衛門の謀殺を命じたのが小早川隆景だったら、その場に見届け役として末近左衛門がいたとしても不思議はない。

「ああ、末近どのはおぬしの舅だそうだな」

佐吉は、はい、とだけ答えて伝兵衛にきいた。

「秋山、須々木両人殺害に関し、北原どのに遺恨を持つ者がおりますか」

伝兵衛が下を向いた。板敷きの上に目をやる。今日は蟻はいなかった。

「どうだろうかな。秋山内膳の一族の者がおるが、あの男が北原どのを殺すとは思えぬ。一族と申しても枝わかれしたのは相当に古い。話をききに行っても、無駄足になるのは見えておるぞ。それに、四年前のまことを知っておるとも思えぬ」

一族というなら、姓が同じだろうか。

ああ、そうか。

佐吉はぴんときた。

十六

二ノ丸の井楼に詰めていた秋山主水助を再び呼びだした。

北原甚兵衛が殺されていた兵糧蔵の裏に連れていく。

佐吉はまず、これから話すことは他言しないことを約束させた。

真剣な佐吉におかしみを感じたのか、わはは、と主水助が豪快に笑った。

「他言するなといわれれば、わしは一生涯話さぬ」

佐吉が語り終えると、主水助は感心したように深くうなずいた。

「わしは初耳だな、北原甚兵衛が秋山内膳どのを討ったとは」

佐吉は油断なく主水助を見つめた。初耳との言葉に嘘はないのか。

そんな目付の姿勢に気づいたか、主水助が口の端をにやりとゆがめた。

「確かに内膳どのは我が一族の本家筋ではあるが、我が家が枝わかれしたのは何代前か、もうすでに知れないほどの昔ゆえ、一族とはとてもいえなくなっておる。ただ姓が同じにすぎぬ。ゆえに、四年も前に内膳どのを殺した甚兵衛を仇などとは思わぬ。去年、太吉を殺されたときのほうが、四年前のまことをきかされた今よりよほど悔しいわ」

主水助が吐き捨て、続けた。

「それに内膳どののそのような死にざま、当然のことではないか。隙をついて殿の御嫡子を奪っておきながら、自らが不利になるといけしゃあしゃあと誼を通じようとする。殿が成敗したくなったのもうなずけるというものよ。隆景公の命がなくとも、殺していたのではなかろうか」

この男は、隆景の使嗾があったことを確信している。

「嫡子を奪っておきながら、というのは」

佐吉はあえてきいた。ちがう者の話をきくことで、新たななにかが見つからないとも限らない。

「なんだ、小早川家中のくせにそんなことも知らぬのか」

佐吉は鬢をかいた。

「恥ずかしながら」

「そんなので目付がつとまるのか」

主水助が佐吉をのぞきこんできた。

「ふむ、いわれてみると、抜けた面じゃ」

大笑している。どういう顔をすればいいか佐吉はわからなかった。

やがて主水助は表情を引き締め、話しだした。

主水助の話は続いたが、やはりこれまできいた域を出なかった。

話を終わらせようとしたとき、主水助が気になることを告げた。

なぜ秋山、須々木が高松城の新しいあるじとなった宗治に仕えるのを潔しとせず、手を切ったかに話が及んだときだった。

「清水さまの家臣になるのをきらったのではありませぬか」

ちがう、と主水助がいった。

「養子の話を殿が握り潰したからよ」

「養子の話。他家から入られた藤松さまのことではなく」

「ああ、藤松さまではない。石川久孝公が亡くなり、その後、藤松さまもはやり病で亡くなり、ここ高松城の城主がいなくなってしまったときのことだ。また須々木家から養子を迎えようという話があったのだ」

「また須々木家から」

「そう、藤松さまは須々木家から入ったのだ。その藤松さまの跡を、また須々木家からの養子で埋めようとの動きが家中にあった。しかし、それを潰したのが殿だった。自分は久孝公の娘婿で、城を継ぐ資格が立派にあるというのがその理由だった」

「そして実際に清水さまが城主となり、養子話を潰した清水さまに反感をいだいた秋山内膳、須々木孫右衛門は羽柴についた」

そういうことだ、と主水助はいった。

「もう一度おききする」

佐吉は主水助を見つめた。

「秋山内膳どのを北原甚兵衛どのに殺されたこと、遺恨には思っておらぬのですね」

「思っておらぬ」

主水助はきっぱりと答えた。

「甚兵衛が内膳どのを討ったこと、今はじめてきかされた。はじめて耳にして、遺恨もへったくれもあるものか。内膳どのが城中で討たれたことはむろん知っていたが、その死を悼んだということもない。内膳どのに仕えていた者が家臣におるが、その者たちが、ということもない。連中も甚兵衛がしたことは知らぬ。仮に知っていたにしても、甚兵衛を殺すようなことはない。四年前、皆殺しにされてもおかしくなかったところを殿に助けられ、生きて帰されたことを恩義に感じておるくらいだからな」

　この男からは昨日と同様、嘘は匂ってこない。

「秋山どの、お手間をとらせた」

　佐吉は礼をいった。

「もうよいのか」

「十分な馳走でござった」

　頭を下げて、佐吉はその場をあとにした。

　本丸に戻り、宿所に舅を訪ねた。

　左衛門は四年前のことをよく覚えていた。

　北原甚兵衛が秋山内膳を討ち果たしたことも知っていた。やはりその場にいたとのことだ。

「秋山、須々木両名が誘殺されたのは」

佐吉は舅を見つめ、きいた。

「我らの殿の使嗾があったからでござるか」

「わしを通じ、殿から清水どのに命があったのではないか、といいたいのか」

「そういうことです」

左衛門は瞳から力を抜くようにした。

「殿の使嗾があったにしろなかったにしろ、嫡子を奪っていった二人を、清水どのは殺さずにはおられなかったということだ」

主水助の言を裏づける言葉だ。四年前、源三郎をさらわれたとき宗治はすでに二人を殺す決意をかためていたというのか。

ただ、宗治の殺意の成就に北原甚兵衛が深く関わっているというのは、やはり無視できないことだ。

「四年前、北原どのが秋山、須々木両名を殺す手引きをしたことで、誰かにうらみを買ったということはありませぬか。岡本太郎次郎どのの一件は別にして」

左衛門が目をみはった。

「岡本太郎次郎の件も、裏がわかったと申すのか」

やはり舅どのは知っていたのか。

「たまたまですが」

助次郎という弟が出てきてくれなかったら、今もどういうことか、さっぱりわからなかったろう。

「たまたまか、そうか」

下を向き、左衛門は考えている。唇をきゅっと締めてから、顔をあげた。

「四年前のことでは、なにも引っかかるものはないな。しかし、あの四年前の一件が、こたびの北原どの殺しにつながるのか。岡本太郎次郎の一件は、せがれの口を封ずることで落着したときいておる」

さすがに二千人を率いる軍監だけのことはある。そこまで知っているのだ。

「だから、北原どのに遺恨を持つ者に心当たりがないかとおぬしに問われたとき、わしはないと答えたのだ。実際、今の今まで四年前のことは忘れていた。それとも佐吉、四年前の一件にこだわらざるを得ぬ、なにかをつかんだのか」

「つかんだということもないですが」

少し首をひねって佐吉はいった。

「どくどく、そう血もどくどく、直家じゃなとの言葉が四年前の件に根があると思えたのです」

「なんだ、その直家じゃな、とかいうのは」

佐吉は舅を見直した。左衛門にはまだ教えていなかったのを思いだした。

佐吉はいきさつを語った。

「ほう、北原どのがそのようなことを……」

左衛門が眉を寄せ、横を向いて鼻の頭をさすった。なにか思い当たったのをさりげなく隠したようにも見える。

「それだけなのか、北原どのが口にされたのは」

ここで隠し立てする必要はない、と佐吉は判断した。

「勝った勝ったまた勝った、若殿さまにまた勝った、というものがございます」

佐吉は舅を注意深く見た。はっとしたようにも見えたが、よくわからなかった。

左衛門が咳払いをした。

いきなりいわれた。

「佐吉、探索は取りやめよう」

「なぜでしょう」

頭に血がのぼりかけたが、佐吉はできるだけ冷静にたずねた。

「おまえ、命を狙われたな」

「はい」

「また狙われたくはなかろう」

　なにっ。

「舅どのはなにかご存じなのですね」

　顔を突きだし、詰め寄った。

「なにをご存じなのです」

「なにも知らぬ」

　静かにいい、左衛門が首をゆっくりと振った。

「しらばくれないでいただきたい」

　佐吉は舅でなかったら、襟に手をかけていたところだ。

「探索をやめれば狙われずにすむというのは、舅どのはそれがしを狙ったのが誰かを知っており、探索の取りやめをその何者かに伝えられるからではないのですか」

　左衛門は答えなかった。唇を糊でかためたように引き結んでいる。

「北原どのの言葉の意味、舅どのはわかったのですね」

　佐吉は、左衛門の襟をつかみかけた。左衛門が冷静に見ているのに気づき、すぐにやめた。

「どうなのです、教えてください」

佐吉は左衛門に手をつかまれた。舅は五十五とは思えぬ力を秘めていた。佐吉はあらがえなかった。

「よいか、佐吉」

左衛門は佐吉の目を見て、命じた。

「探索は取りやめだ、わかったな」

佐吉の腕を放すと、左衛門はすっと立ちあがった。くるりと背を見せ、奥に引きあげていく。

佐吉はつかまれて赤くなったところを見つめた。舅からはなにも引きだせないことを、その赤みは教えているようだ。

しかし、探索を取りやめにする気など毛頭なかった。北原甚兵衛の死には四年前の秋山内膳、須々木孫右衛門の死が関係しているのはまちがいなさそうだ。

二人の死の裏には、誘殺以上のなにかがあるのではないか。それは表にしてはまずいことで、そのことに気づいた左衛門は探索中止を命じた。舅が隠そうとしたものを、あばきださねばならない。

あばきだしていいことがあるかわからなかったが、こうなった以上は意地だった。

それに、左衛門は舅だが、あるじではない。佐吉に命じることができるのは、小早川隆景だけだ。

その隆景に命じられ、自分はこの城にやってきているのである。

十七

佐吉は外に出た。時刻はすでに未（午後二時）をまわっている。

陽射しがあって、ひじょうに暑い。外にいるだけで汗が出てくる。

天を仰いだ。まさに突き抜けそうな青空である。

兵たちがやけにざわついている。落ち着かない様子だ。なにかあったのだろうか。

徳蔵が急ぎ足にやってくるのが見えた。佐吉は近づいていった。

「例の件がわかったか」

佐吉は声をかけた。徳蔵は立ちどまった。

「いえ、そうじゃないんで」

ぜいぜいと肩で息をついている。これで戦の役に立つのか、と思った。もっとも、徳蔵には誰も期待していないだろうが。

「巡回途中の清水さまが」

ただならない気配を感じた。

「三ノ丸で襲われました」

息とともに言葉を吐きだした。

「なにっ。それで清水さまはどうされた」

城兵たちが落ち着かない様子だったのは、これをききつけたからだろう。城主の身が案じられてならないが、持ち場を離れるわけにはいかず、というところだったのだ。

「いえ、なにごともなく、かすり傷一つ負っていないそうでございます」

佐吉はほっと息をついた。宗治にとって寿命がわずかに延びたにすぎないのかもしれないが、それでも生きているほうがいいに決まっている。

「誰が清水さまを襲った」

「川名さまもご存じの方で」

誰だろうか。

すぐにひらめいた。

「富田弥九郎か」

「その通りで」

甚兵衛の死骸をかき抱く清水宗治をにらみ据えていた若武者の顔が脳裏に浮かぶ。

「どうして富田弥九郎は清水さまを」

いえ、と徳蔵は首を振った。

「手前もそのあたりの事情はわかりませんで。羽柴あたりの刺客かもしれません」

そうではない。もうほとんど開城が決まったも同然で、しかも開城の条件となるのは城主の切腹に決まっている。

それなのに、今さら羽柴が清水宗治の命を奪うはずもない。

やはり富田弥九郎には宗治の命を狙わなければならない理由があり、宗治の自害を待てなかったのだろう。

いや、待てないのではなく、本懐を遂げるために殺す必要があったのだ。今朝、敵陣の様子を一心に見つめていたのも、和議の噂が本当か確かめていたのだろう。浮き立ったような敵陣の様子から噂がまちがっていないことを知った弥九郎は、宗治を討つ決心をしたのだ。

「弥九郎はどうした。殺されたのか」

「いいえ、生け捕りにされたそうです」

佐吉は舟をつかって三ノ丸へ向かった。徳蔵が従者のようについてくる。

舟が二ノ丸門のところまでやってきたとき、同じように数艘の舟に乗った二十名ほどの一行が来るのが見えた。

体を縄でかたく縛られた富田弥九郎が、舟のまんなかにいた。

女のような顔は蒼白(そうはく)で、目が指で持ちあげられたように、異様に引きつっている。

宗治の姿は見えない。三ノ丸のどこかで体を休めているのかもしれない。

列の先頭にいた伝兵衛が佐吉に気づいた。佐吉の舟に乗り移ってきた。

「やつを知っておるか」

がんじがらめの男に向けて、顎をしゃくった。

「富田弥九郎どのです」

「知り合いか」

「一度、言葉をかわしただけです」

「ほう、言葉をな」

伝兵衛が佐吉をじろりと見た。

「なにを話した」

「和議についてです」

佐吉の言葉を信じている顔ではない。

「富田弥九郎どのはなぜ清水さまを襲ったのですか」

佐吉はたずねた。

「それはこれから調べる」

「難波どのは、もうわかっているのではないですか」

伝兵衛が佐吉をにらむ。

「どういう意味だ」

「言葉通りの意味です」

「わかってなどおらぬ」

いい捨て、背中を向けた。待っていた舟に再び乗り移る。昂然と背筋を伸ばし、船底に腰をおろした。

「難波どのは相変わらずだのう」

秋山主水助だった。舟に乗っている。さっき主水助の舟が横に来たのに、佐吉は気づいていた。

「心根はあたたかだが、それがなかなか素直に表に出ぬたちでな」

「難波どののことをよくご存じですか」

主水助がかぶりを振った。

「さほどでもない。幼い頃より聡明さを謳われ、長じてからはそれに武勇も加わったことを知っておる程度だ。それでも、どんな男かはわかる。ともに長いこと、戦ってきておるからな」

さようですか、と佐吉はいった。

「それよりもお目付どの」

主水助が勢いこむ顔つきをする。

「あの男、富田弥九郎とかいったか、なぜ殿を襲ったか存じておるか」

「いえ。秋山どのはご存じなので」

「知らぬ。知らぬが」

主水助は首をひねっている。

「あの男、以前どこかで見た覚えがあるのだ。これまで顔を見たことはないと思えるのに、なぜか見覚えがある気がしてならぬ」

「誰かに似ているとか」

「誰かに似ているか。かもしれぬ」

「長谷川掃部では」

佐吉は思いつきでなく、問うた。

「長谷川掃部。ちがうな」

主水助はあっさり切り捨てた。

「ふむ、しかし長谷川掃部か……」

なおも首をひねり、考え続けている。

「わからぬな。一晩寝れば思いだすかな」

船頭に命じ、主水助は舟を動かすようにいった。舟が徐々に遠くなっていく。

「今のは秋山主水助さまですね」

うしろから徳蔵がいった。佐吉はその声音に感じるものがあって、振り返った。

「秋山どのは太吉を殺されたことをうらみになど思っておらぬ。もう確かめた」

徳蔵がぺろりと舌をだした。

「ああ、そうだったんですか。さすがに川名さまだ、調べがお早い」

舟のなかで佐吉は徳蔵に向き直った。

「あのことは調べたのか」

「はい。いろいろとききまわりましたよ」

「それでどうだった」

「富田家と長谷川家に関係はありました」

「よし、きこう」

徳蔵は声をひそめ、語った。

さほど長い話ではなかった。

長谷川掃部の側室の一人に、多美（たみ）という女がいた。多美は掃部の死の一年後、宗治の許しを得て、富田又八郎（またはちろう）という備中の侍の後妻となった。

又八郎は三年前に死に、多美も半年前にこの世を去った。今は弥九郎が富田家の当主となっていた。

「弥九郎は、多美どのが又八郎どのに嫁して産んだ子ではないな」

歳から見てそうなる。多美が嫁したのが六年前、弥九郎は十六、七だ。

「多美どのは長谷川掃部の側室だったとき、子は」

「一人産んではいるようですが……」

その先はいわれずともわかった。掃部の子ということで、殺されたのだ。

佐吉はしばらく考えこんだ。

「弥九郎は、又八郎どのの実子なのか」

ぽつりと佐吉はつぶやいた。

「それも調べましょうか」

徳蔵がすかさず申し出る。

「やってくれるか」

「へい」

「それからな――」

「もし弥九郎が養子だとしたらどこから富田家に入ったのか、それも調べよとおっしゃるんでしょう」

佐吉はまじまじと徳蔵を見た。

「そんなに驚かないでください。手前が使えることを、川名さまにはまだまだ見ていただかねばなりませんので」

二ノ丸で徳蔵は舟をおりた。

何者だ。

すたすたとぬかるんだ道をこともなげに進んでゆくうしろ姿を見送りながら、佐吉はあらためて思った。

十八

本丸に向かい、再び伝兵衛を訪ねた。

会えぬ、とのことだった。

富田弥九郎の詮議(せんぎ)に忙しいのか。このまま帰るのは腹立たしかったから、出てくるまで待つことにした。

半時も待たなかった。姿を見せた伝兵衛は全身に汗をかいている。

「なに用だ」

腰をおろすといきなりいった。苛立たしげな顔をしている。

「富田弥九郎どのがなぜ清水さまを襲ったかを知りたく、まいりました」

「なにかと思えば。いまだに詮議中だ」

「では、詮議にそれがしも立ち会わせていただきたい」

伝兵衛はため息をついた。下を向き、考えている。拒絶したいが、小早川家の目付だけにむげには扱えない。

そのとき、板戸の向こうから伝兵衛を呼ぶ声がした。伝兵衛は、入れ、といった。

武者が膝行し、伝兵衛に耳打ちした。まことか、とささやき返した伝兵衛の顔色が変わった。

「わかった。すぐにまいる」

武者は一礼し、板戸を閉めて去った。

伝兵衛が咳払いをし、佐吉を見た。

「詮議に立ち会わせるのは無理だ」

「なぜです」

「できなくなった」

まさか、という思いが背筋を走った。

「弥九郎は死んだ」

やはり。

「責め殺したのですか」

「ちがう。自ら舌を嚙み切った。血どめをしたが、間に合わなかったようだ。今のはその知らせよ」

むう、と佐吉はうなった。

「清水さまを襲ったわけを、これで知ることはできなくなってしまったということになりますか」

「そういうことだ」

「先ほども申しあげましたが」

佐吉は伝兵衛を見つめた。

「難波どのには、富田弥九郎の狙いについて見当がついているのではありませぬか」

「皆目ついておらぬ」

「長谷川掃部の死後、掃部の側室多美どのが嫁した家が富田家とききましたが」

「その通りだ。よく知っておるな」

別段、感心したようではなかった。

「それがどうかしたか」

「弥九郎どのは、多美どのがおなかを痛めたお子ではありませぬか」

佐吉は思いきって口にした。

伝兵衛がゆったりと腕を組んだ。

「七年前、我らに見逃しがあったといいたいのだな」

「そう考えれば、辻褄（つじつま）が合います」

二度目に富田弥九郎を見かけ、佐吉は声をかけた。長谷川掃部のことを知っているか、と。

　そのとき伝兵衛たちが、意図したわけでなく、掃部の七人の男子のうち、寺に入った一人を見逃したのではないか、そんな気がしてならなかった。

　だから、弥九郎に問いをぶつけてみた。

　そして、思っていた以上の手応えを得ることができた。

「やめておけ、妙な考えを起こすのは」

　伝兵衛がいった。佐吉をさとすような口調だった。

「妙な考えでしょうか」

「妙な考えでなければ、短慮だな」

「考えが足りぬ、と」

「ああ、足りぬな。もしおぬしの考えが正しいとすれば、謀反人の子をかくまった者がおるということだ。こちらは百姓女がはらんでいるかまで知っておった。掃部の子が何人なのか正確につかんでおった。殺した子とつかんでいた数とは一致した。多美どの子も確かに殺した」

　伝兵衛が言葉をとめる。

「しかし、一人、生き残っていた者がいたとおぬしはいう。となると、誰かがその子の身代わりを立てたことになる。それを明らかにすることで、また罪をあばかれる者が出てくる。その者がもし城内にいるとなれば、我らは黙ってはおられぬ。その者も殺さねばならぬぞ」

佐吉は黙るしかなかった。確かに短慮といわれても、仕方ない。これ以上、死者を増やしたくないという考えには賛成だった。

しかし誰がかくまったにしろ、公にすることなく、自らの胸にしまっておけばいいのではないか。

伝兵衛がすっと立ちあがった。立ったまま佐吉を見つめている。その目には慈愛というべきものが感じられた。

主水助のいっていた、心根があたたかいとの言葉が実感できる。

なぜ子を見守る父親のような目で見られなければならないのか、佐吉にはまったく見当がつかなかった。

明くる日の三日、弥九郎の首は本丸にさらされた。

佐吉は、両目を閉じた首を見ていた。

おびただしい血が流れ出たはずの口もとはきれいにぬぐわれている。穏やかな死顔で、頬のあたりは朝日を浴びて、きらきらと輝いていた。

不意に肩を叩かれた。見ると秋山主水助が立っていた。

主水助は悲しげな笑みを見せた。

「富田弥九郎、舌を嚙んだそうだな」

佐吉はうなずいた。

「それでな、以前どこかで見たような顔のことだが、おぬしが長谷川掃部のことをいってくれたおかげで、わかった」

「どういうことです」

「あるおなごが掃部の側室だったのだが」

「多美どののことですか」

「たみだと。誰だ、それは」

ちがったか。

「そのおなごというのは誰です」

「希世どのといわれた」

「きよどの」

「その希世どのに弥九郎は似ておった」

では弥九郎は多美の子ではなく、その希世という女の子だったのか。

「秋山どのは、その希世どのをご存じだったのですね」

「知っておった。と申しても、会ったのは二十年も前に、ただ一度だ。名の通り、世にもまれな美しさであったな」

「それにしても、二十年も前に一度会っただけの人の顔をよく覚えておりましたね」

佐吉は正直、感嘆している。

「事情があってな」

「うかがってもよろしいか」

「ああ、かまわぬ」

主水助が屈託なくうなずいた。

「二十年前、せがれに縁談があり、その相手が希世どのだった。わしがいうのもなんだが、勇猛を知られたせがれで、縁談は降るほどにあった。そのなかで、せがれが選んだのが希世どのだった。どこからか、とんでもない美形との評判をききつけたらしい。話が本決まりとなったそのとき、わしは希世どのと会ったのだ。本当に美しい娘で、せがれが息をのんでいたのを今でも昨日のことのように思いだす」

だが希世は、主水助のせがれに嫁ぐことなく長谷川掃部の側室となり、おそらくは弥九郎を産んだ。

「そのせがれどのの縁談は破談になったのですか」

「破談と申すか」

　主水助が口ごもった。

「長谷川掃部から横槍が入ったのではありませぬか」

「いや、そうではない」

　主水助は首を振って否定した。

「話が決まった直後、せがれが討ち死してしまったのだ。嫁取りが決まって手柄を立てようと力み、無理をしたのが命取りになった。せがれは生と死の境目をわきまえていた男で、それまで無謀さとは縁がなかったのに、そのときに限り、死の敷居を越えてしまったのよ」

　主水助は目を落とした。

「わしの目の前だった。そばにいながら、とわしは何度もおのれを責めた。せがれが死んでしまったために、わしはこんな歳になっても隠居できず、戦に出ているというわけだ」

「一人子だったのですか」

「そうだ」

「養子は」

「迎えた」

「その子は——」

「十になったばかりだ。戦はまだ無理だな」

さまざまな風景があるものだった。岡本助次郎は娘が仇討をとどまらせたことで婿入りの運びとなり、主水助のせがれは嫁取りが決まったのに、それがために命を失った。

一度、口を閉じた主水助はまた話しはじめている。

「嫁ぎ先を失った希世どのは、そのあとすぐに望まれて掃部の側室となった」

横顔を見せて主水助は遠くを眺める目をしている。

目の前でせがれを失った男。自分は目の前ではないが、やはり同じく戦場で父を失っている。

こんなことが珍しくもなんともない。いったいなんという世だろう。

「希世どのは掃部の子を産んだのですか」

横顔に問いかけた。

「ではないのかな。わしにはわからぬ」

「その子は長谷川の館でずっと暮らしていたのでしょうか」

「知らぬ。希世どのが掃部の側室となってからの暮らし向きは一向に知らぬ」

佐吉は少し間をあけた。

「では、希世どのが今どうしているかもご存じないのですね」

「七年前に掃部が死んでさほどたたぬうちに、はやり病で死んだときいた」

となると、希世が産んだ子を多美が引き取り、育てたということになろうか。

佐吉は質問を変えた。

「弥九郎どのが率いてこの城に連れていた富田家の者は、今どうしているのでしょう」

「十八名を連れていたらしいが」

むずかしい顔で主水助がいった。

「全員、牢につながれているそうだ」

「斬られましょうか」

「さて、どうかな」

主水助が眉を寄せた。

「弥九郎が一人でやったのが明らかになれば、解き放たれるかもしれぬ」

家来たちは不安でならないはずだ。しかし死者をこれ以上増やしたくないという伝兵衛の気持ちが本物であれば、十八名は咎めなしということになるだろう。

解き放たれた家臣に話をきけば、弥九郎が希世の実の子かはっきりするだろうか。

はっきりするにしても、いつ解き放ちになるか、佐吉にはわからなかった。

「富田家の縁者に知り合いはおりませぬか」

主水助の答えは、おらぬ、だった。

これで、またも伝兵衛に会うしかなくなった。

十九

伝兵衛を訪ねた。

この男に会うのは、何度目になるだろうか。

さほどときを置くことなく出てきた伝兵衛に、弥九郎の家来に会わせてほしい旨、佐吉は依頼した。

「会ってどうする」

慈愛に満ちた目で見られたのが錯覚と思えるほどに、冷たい口調だ。

「なぜ弥九郎どのが清水さまを襲ったか、をききたいと思っております」

「誰一人として知らぬ」

ぴしゃりといった。

「そんなことはとうに調べた。弥九郎は、はなから一人でやると決めていた。家臣らに累が及ばぬための心づかいというわけだな。十八名全員があるじのしでかしたことに仰天し、ただただ畏(おそ)れいっている」

佐吉は顎をあげた。

「十八人を殺すのですか」

「そんな気はない」

あっけないほどたやすく否定した。

「きさまにも、死者を増やしたくないと申したはずだ」

「では、あのお気持ちは本物なのですね」

「当たり前だ」

伝兵衛はいいきった。

佐吉はふっと息を漏らした。

「おぬし、わしを誤解しているようだな」

佐吉の安堵の顔を見て、いった。

「やるときは徹底してやるが、それは武門の掟にしたがわねばならぬときぞ。必要のないときにむごいことはせぬ」

「ときに」

佐吉は言葉を継いだ。

「弥九郎どのは富田家の養子ですか」

「なんだ、いきなり」

目に光がたたえられ、伝兵衛らしい厳しさが宿った。

「弥九郎の出をたどろうというのか。つまりおぬしは、弥九郎が長谷川掃部の子であり、我らが討ち漏らした、とまだ考えておるのだな」

徳蔵に調べさせているが、伝兵衛の口がひらくのならそのほうがよかった。

「わしは知らぬ。調べるのなら調べよ。それでもし掃部の子をかくまい、身代わりを立てた者が見つかったならわしに知らせい。その者が城内にいるならひっとらえ、おぬしの望み通り、必ずや磔刑に処そう」

望み通りか。そういわれても仕方がない。伝兵衛はその者を知っていて、あえて不問にしようとしているのかもしれないのだから。

　沈黙がおりた。

「おぬしの考えのおかしなところをいおうか」

　伝兵衛が沈黙を破った。

「掃部の子をかくまった者は、いったい誰を身代わりに立てたというのだ。まさか自分の子ではあるまい。そこいらの百姓の子をさらい、我らに殺させたとでもいうのか」

　それについては考えていた。だが、まだそれに対する答えは出ていない。佐吉は表情をこわばらせた。

「やはりな」

　佐吉の顔を見て、伝兵衛がいった。

「ところでおぬし」

　わずかに口調をやわらげた。

「探索の取りやめを命じられたのではないのか」

　むっ、と佐吉は伝兵衛を鋭く見た。

「なぜそれを」

伝兵衛はあっさり答えた。

「末近どのからきいた。わしのもとにやってきたのだ」

舅が伝兵衛を訪ねた。これの意味することは一つだった。

「難波どのは」

低い声音で告げた。

「一昨夜、それがしを襲いましたね」

「襲っただと。なんのことだ」

「おとぼけになるのは、おやめになったほうがよろしい」

「わからぬ。説明せい」

苛立ったようにいった。伝兵衛の態度には嘘は感じられない。

「では、本当にそれがしを襲ってはおらぬのですか」

佐吉はまだ半信半疑だった。

「そう申しておろうが。はよう説明せい」

それでも、しばらくのあいだ伝兵衛を見つめていた。

「難波どのは、もし私を殺すとしたら闇討ちしかあるまい、と申されました。一昨夜、それがしは黒頭巾をしている賊に襲われました。まさに闇討ちでした」

「闇討ちのことは確かに申したが、あれは言葉の綾(あや)にすぎぬ。そんなことは百も承知と思っていたが」

佐吉は舅とのやりとりを話した。

きき終えて伝兵衛はむずかしい顔をした。

「先ほど末近どのが見え、探索の中止を婿に命じましたゆえご安心くだされ、と申されたのだが、わしにはなんのことやらさっぱりわからなかった。末近どのにただしたのだが、なにも申されずに出ていかれた。つまり末近どのは北原どのの言葉の意味を解し、わしがおぬしを襲ったと断定されたのだな。先ほどの来訪には、婿どのの命を狙うのをやめるようにとの意味があったのだな」

伝兵衛が深く長い息をついた。

「末近どのは勘ちがいされている」

「本当に勘ちがいでしょうか」

佐吉は疑心を表にだした。

「勘ちがいさ。わしはおぬしを襲ってなどおらぬ。それに――」

伝兵衛は言葉を続けた。

「賊は黒頭巾をしていたと申したが、もしわしなら頭巾などせぬ。一度狙ったら、必ずや仕留めている。もしわしが賊だったなら、おぬしは今頃生きてはおるまい」

自信たっぷりにいわれた。

佐吉はそれを否定できなかった。となると、別の誰かが殺しにかかわったことになる。それはいったい誰なのか。やはり鉄砲に狙われたのと、根は同じなのか。

それにしても、伝兵衛のいう通り、舅は本当に北原甚兵衛の言葉の意味がわかったのだろうか。

二十

佐吉は左衛門にあらためて話をきくために、歩を進めた。

途中、本丸内に徳蔵が急ぎ足でやってくるのが見えた。佐吉を認め、足をはやめた。ぬかるみに足を取られたが、転ばなかった。

「川名さま、わかりましたぜ」

佐吉の前に来た途端、勇んでいった。

「弥九郎さまが養子だったかどうか」

佐吉はまわりを見た。ちょうどあたりに人けはない。

「よし、話せ」

「弥九郎さまは養子でした」

「どこから入った」

「後藤家という北備中のお侍からです」

「その後藤家は、富田家とどんな関わりがあるのだ」

「いえ、そのあたりは、ちとはっきりしないんです。話をきいた野郎が弥九郎さまのことがあったばかりで、どうも腰が引けちまって、あまり詳しくはきけなかったんですよ。ただわかったのは、子のないまま妻女を亡くされた富田又八郎さまのもとへ弥九郎さまが養子としてやってきたらしいことだけです」

「弥九郎はいつ養子に入った」

「七年前とのことです」

時期はぴったりだ。弥九郎は掃部の子と見てまちがいないのだろう。問題は、伝兵衛のいう通り、身代わりは誰かということだ。

「おぬしが話をきいた男だが」

佐吉は徳蔵にいった。

「富田家と関わりのある男か」

「ええ。十四、五年前に富田家に下男として入りまして、あの家でかれこれ七、八年は働いていたんじゃないかと思います」

だとすると、多美が嫁してきた頃の事情も知っているだろう。

「名は」

「猪ノ助と申します」

「門前村の者か」

「へえ」

「会わせろ」

「わかりました。お連れいたします」

徳蔵は先に立って歩きだしたが、すぐに舟を呼んでください、といった。

三ノ丸の長屋にいた猪ノ助を、徳蔵が連れだした。

長屋の外で佐吉は待っていた。

猪ノ助は四十前と思える小男だった。どことなく抜け目なさそうなのが、徳蔵に似ている。

きけば、従兄ということだった。

「お侍に話しちまったのか」

猪ノ助が徳蔵を責めている。

「誰にも話すなってあれだけいったのに。俺が牢に入れられたらどうする気だ」

「心配するな、なにを話してもおまえに迷惑がかかるようなことはない」

佐吉は猪ノ助に近づき、請け合った。

猪ノ助はいつの間にかそばに来ていた佐吉にびっくりしながらも、疑り深い目を向けてきた。徳蔵の従兄らしい底光りする瞳をしている。

「本当でしょうかね、お侍」

傲然（ごうぜん）とした口調できいてきた。

「本当だ。おまえからきいた話は誰にも漏らさぬ」

猪ノ助が、ふうと長い息を漏らした。

「なるほど。お侍がそこまでいわれるなら安心だ。信用いたしますぜ」

さらに、銭をつけるという条件で猪ノ助は話す決心をした。ただし、徳蔵は抜きで、という。

「あの野郎がそばにいたんじゃ、腰を落ち着けて話せませんぜ」

佐吉は、不満顔の徳蔵を置き去りにした。二ノ丸の土塁際の、人けのほとんどない場所を選んだ。日があまり射さず、そこには夕暮れのような薄暗さがよどんでいた。

猪ノ助が唾を飲んでから、話しだした。

「弥九郎さまが富田のお家にやってきたのは七年前の十一月でした。弥九郎さまは十歳で、髪はそれなりに伸びていましたが、坊主頭のように見えました。髷はまだ結っていませんでした」

坊主頭。掃部の子で寺にだされていた子がいた、と伝兵衛はいっていた。墓をあばき、そこには子供の新しい死骸があったとのことだったが、佐吉の推測通り、弥九郎の身代わりはこの墓の子なのではないか。

弥九郎におくれて二月、多美が又八郎の後妻としてやってきた。又八郎が弥九郎に刀槍の術をしこみはじめたのは、多美が嫁してきて一月もたたないときだった。

弥九郎が義父のあまりの厳しさに涙を見せると、多美は、そんなことでは本懐は遂げられませぬぞ、といったという。

お母さま、お兄さまたちも情けなく思いましょう。

家来や下男、端女が近くにいるとき多美はそのようなことを決して口にしなかったが、猪ノ助はたまたま一度だけ、多美のささやきを耳にしたことがあるのだ。植えこみで庭掃除をしていた猪ノ助に気づかず、大木の陰で多美が弥九郎の肩を抱いていいきかせていたのだった。

またそのとき多美は、口封じをされたお父さまの悔しさを晴らすことこそあなたのつとめです、ともいった。

お母さまというのは希世のことだろう。お兄さまたち、は掃部のせがれたちだ。弥九郎は掃部の末子だったことになる。

では、口封じ、というのはなにを指しているのか。

掃部の口を封ずるために、宗治は掃部を討ち果たしたというのか。謀反というのは、口実にすぎなかったのか。

だから伝兵衛による探索は徹底して行われず、家中ではたいした処罰者をだすことなく終わりを告げたのか。

そのあとに続いた多美の切れ切れの言葉を、猪ノ助はきいたともいった。

「褒賞、登城、あの男、反逆の志、帰らぬ人。こんなところだったでしょうか」

これらは、掃部が手討ちにされた八朔のことをいっているのだと思われた。

それにしても褒賞とはなんなのか。七年前の八月一日、掃部は褒賞を予定されて登城したのか。

掃部にうしろ暗いなにかをさせ、その褒賞を餌に高松城におびき寄せ、清水宗治は殺したのか。

北原甚兵衛の、直家じゃな、との言葉はこの掃部殺しをいっているのか。

佐吉は一つ思いだしたことがあった。甚兵衛がせがれの前でつぶやいたという意味不明の言葉だ。

あれはこんなものだった。

——金よ金、これで城持ちよ、さぞ痛かったろうな、すまぬすまぬ、やれるぞやれる、すごいのうさすがじゃのう、兄がなんじゃ、あんなのはよそ者よ、血はつながっておらぬ。

最初の二つは、掃部に約束された褒賞を指すのではないか。

北原甚兵衛がこれを知っていたということは、甚兵衛が掃部を誘ったということかもしれない。

むろん、宗治か伝兵衛の意を受けてのものだろう。

掃部はいったい、なにをさせられたのだろう。人におだてられ持ちあげられるのが好きだった、と伝兵衛はいっていた。そんな人物なら、手のひらの上で踊らせるのはたやすいことだったにちがいない。

さぞ痛かったろうな、というのは斬り殺された掃部を悼んだようにきこえるし、すまぬすまぬ、はだまし討ちを謝っているように思える。

やれるぞやれる、はためらう掃部を励ましているようだし、すごいのうさすがじゃのう、は見事にやってのけた掃部を誉め讃えているようにきこえる。

となると、兄がなんじゃ、あんなのはよそ者よ、というのはなにを意味するのか。

兄がなんじゃ、は掃部の兄を指すのか。掃部は長谷川家の長子とのことだったが、実は上にいたのか。

佐吉はひっかかるものを感じて、考えこんだ。

兄がいた。ということは、この兄がなんじゃ、は義兄を指すのか。だから、血はつながっておらぬ、なのか。あんなのはよそ者よ、のよそ者というのはつまり……。

勝った勝ったまた勝った、若殿さまにまた勝った。

これは、勝った、ではないことに佐吉は気づいた。飼っただ。

この掃部への策を見事成就に導いたからこそ、甚兵衛は宗治に重用されるようになったのだろう。

多美は、清水宗治の謀略の中身を掃部からきかされた、ただ一人の人間だったのだろう。宗治の行った謀略を家中に知らせることなく、同じ側室だった希世の遺児を育て、夫の仇、そして自分の子の仇を討たせることにひたすら心血を注いだのだ。

半年前に死んだ多美。おそらく遺言も、必ず仇を討ってほしい、というものだったのだろう。

果たせなかったとはいえ、弥九郎はその遺言を忠実に守ったのだ。

多美の夫の富田又八郎はそんな妻になぜ合力したのか。弥九郎を厳しく鍛えあげたことが、妻の目的を知っていたなによりの証(あかし)だろう。

合力せねばならない理由があったのか。それとも、この男も宗治にうらみを抱いていたのか。

佐吉は猪ノ助に銭を握らせ、このことは他言せぬようにかたく命じた。

目付の真剣な顔に圧倒されて、猪ノ助は首をがくがくさせた。

二十一

風が心地よく入ってくる。

外の陽射しは強いが、室内はひんやりとしていた。

「ふむ、たいしたものだ。よくぞ調べた」

伝兵衛は静かな口調でたたえた。もはやしらばくれる気はないようだ。

「では、今それがしが申したことは真実ですね」

「うむ、真実だ」

伝兵衛がうなずいてみせた。

「かったかったまたかった、は確かに毒を飼ったことを意味している」

「若殿さまにまた飼った。若殿、つまり藤松さまの前にも、毒を飼った事実を示しているのですね」

「その通りだ」

伝兵衛が顎を上下させた。

「藤松さまの前、久孝公に毒を飼った。殿は舅とはいえ、三村家にあくまでも固執する久孝公を除かねば、清水家の安泰はないと思われていたし、久孝公を毒殺した一月後、藤松さままで亡き者にしたのは、対立していた須々木孫右衛門の子がこの城の跡取りとなることが許せなかったからだ。もし風下に立つのを甘んじて受けていたら、必ずや秋山、須々木両名に殿は討ち果たされていただろう」

だから先手を打ったということか。

もし源三郎強奪という所業がなかったとしても、宗治ははなから二人を殺す気でいたのかもしれない。

そして、この久孝、藤松父子の毒殺にも隆景が関わっているのかもしれない。北原甚兵衛の言葉の意味を解したことから、左衛門は父子の毒殺を知っていたことになり、なぜ知っていたかといえば、隆景の命を宗治に伝えたゆえ、と思われるからだ。

「父子の毒殺をしてのけたのが、長谷川掃部だったのですね」

「掃部は久孝公のそばに常にいた。毒を盛るのに、やつ以上の者はいなかった」

「どくどく、そう血もどくどくというのは、毒を飼われた二人がおびただしく血を吐いたことを指しておるのですね」

「そうだ」

「長谷川掃部の口を封じたのは、なにゆえですか」

「もともと道具にすぎなかったこともある。それに、口の軽いあの男を始末しておかぬと、せっかく尻に敷いた城主の座も幻になりかねなかった。もし父子の毒殺が家中に漏れてみよ。わずか五つの子を殺したことも合わせ、殿は宇喜多直家となんら変わるところがないということになってしまい、家中の心が一気に離れることは目に見えておった」

それだけではない、と伝兵衛は続けた。

「掃部は毒殺をしてのけたことで、殿の首根っこをつかんだ気になったのだ。殿を城主としては敬うが、それは形だけで、殿に手綱をつけて思うがままにひっぱりまわすつもりでおったのだ。陰の高松城主は自分である、と本気で信じておった。石川家の本城幸山城が恩賞になっておったがな」

これが、これで城持ちよ、との言葉につながるのだろう。

「久孝公父子、長谷川掃部の死の真相はわかりました」

佐吉は伝兵衛に目を据えた。

「では、北原どのを殺したのは誰だとお思いですか」

「下人はいまだにわからずか」

「はい」

そうか、と伝兵衛はいった。

「北原甚兵衛を殺したのはわしだ」

吐息をつくように言葉を漏らした。

やはりこの人だったか。

「だが、殺意があったわけではない」

佐吉は伝兵衛を見直した。

「どういう意味です」

「北原どのは自害だ。いや、正確にいえば、自害しようとしたのだ」

本当だろうか。淡々とした伝兵衛の口調から、嘘は嗅ぎ取れない。

「自害のわけは」

佐吉はとりあえずきいた。

「まさか、それがしと会ったとき清水さまの秘事に関する言葉を口走ってしまったことを恥じて、でしょうか」

「それもある」

伝兵衛はあっさり認めた。

「生涯、胸に秘めておかねばならぬことを、知らず話してしまったおのれを、北原どのは恥じておった。だが、それだけではない」

佐吉は耳を傾けた。

「北原どのは死に遅れるのを怖れたのだ」

「どういうことですか」

「城の西側に堤ができ、いずれ和議が成ることを北原どのは覚った。和議がまとまれば、鳥取城の例をあげるまでもなく城主は腹を切ろう。そのとき、殿とともに死ねぬのが怖くてならなかったのだ。あのようなざまになり果てたおのれが、この世に一人取り残されるのも怖ろしくてならなかったのだ」

　その気持ちはわからないでもない。だが、掌を指すように解せるほどでもない。

「この前、殿が宿所に見舞ったとき、北原どのはくどいほどに和議のことをきいていた。顔はできるだけにこやかにしていたが、必死さははっきりと見えておった」

　伝兵衛が一つ間を置いた。

「そのとき北原どのはわしに、今日の夕刻、三ノ丸の堤のよく見える場所まで来てくれ、と頼んできたのだ。いわれた通りにすると、甚兵衛は、翌日の寅の初刻、二ノ丸の兵糧蔵の裏に来てくれとさらに頼んできたのだ。わけはきかず、ただ頼む、と申して。わしはなぜそのような刻限に、といぶかったが、まさか切腹の介錯を頼まれるとは思わなんだ」

「介錯ですか」

　もし自分が親しい友にいきなりそんなことを頼まれたら、ただただ驚愕するしかないだろう。

「北原どのは自害のわけを話した。それから、このようなことを頼めるのはそなただけだ、とも申した。もしせがれに話したらまちがいなくとめられよう。せがれは妻に、わしを無事に連れ帰るように、きつくいわれておるゆえ」

そのときの情景を引き寄せるように、伝兵衛は瞑目している。

「北原どのの覚悟は、心をわしづかみにされたごとく伝わってきた。わしは了解した。北原どのは目に涙を一杯ため、感謝する、と申した。一足先にあの世で待っておるともいった。北原どのは地面に腰をおろした。わしは心を鬼にして刀を抜き、北原どののうしろに立った」

伝兵衛が目をあけた。

「北原どのは腹をくつろげ、脇差を抜いた。しばらく腹をなでさすっていた。わしはうしろで刀をかまえ、見守っていた」

佐吉は口が渇くのを感じた。

「しかし、北原どのはかたまったように動かなくなった。わしはじれ、北原どのをのぞきこみ、どうされた、と声をかけた。北原どのはわしを見つめ、いきなり、うぬは何者だっ、と叫んだのだ」

伝兵衛が首を振る。

「わしは面食らったが、北原どのが赤子に返ったのを知った。うぬごときにやられはせぬぞっ。北原どのは立ちあがるやいなや、脇差を振りかざし、斬りかかってきた。わしはかわし、北原どのを抱きとめるようにして脇差を奪い取った。わしは顔を近づけ、俺がわからぬのか、といった。北原どのはむずかるように首を振り、脇差を奪い返そうとした。それでもみ合っているうち、北原どのに押されたわしがぬかるみに足を滑らせ、やつがわしの上に乗る格好になった」

伝兵衛が苦しげにまた目を閉じた。

「北原どのがくぐもった声をあげ、動かなくなった。北原どのの胸に脇差が突き刺っていた。すでに息絶えていた。番兵らしき者が駆け寄ってくる足音がきこえ、わしは立ちあがった。脇差を握ったままであるのに気づいて、わしは脇差の柄を離そうとした。しかし離れなかった。仕方なく北原どのから脇差を引き抜いて、走りだした。すぐうしろを番兵が走りこんでくる気配がした。顔を見られたかもしれぬほどの際どさだった」

佐吉は唇を湿らせた。

「でも、それでしたら逃げださずともよかったのではありませぬか。そこですべてを番兵に話していたら、ことはそれですんだと思うのですが」

伝兵衛がため息をついた。

「かもしれぬ。しかしわしも動転していたのだな。これまで多くの者を手にかけてきたが、幼いわしをかわいがってくれた人だけは、別物だったようだ」

「脇差はどうしました」

「こわばった手がゆるんでから、湖水に投げ捨てた。北原どのの形見として持っていようかとも考えたが、証拠を所持しているわけにはいかなかった」

捨ててしまったのが、残念そうだった。

「清水さまは、誰が北原どのを手にかけたかご存じだったのですね」

「うむ。わしはなにがあったか殿に伝えたが、伝えなくともどういうことがあったのか、すでに解されていたであろう」

「難波どのがそれがしを清水さまに会わせようとしなかったのも、会わせればなにもかも話されてしまう怖れがあったからですね」

「そういうことになるか。殿が安国寺どのとお会いしたりして、ときがなかったのは事実だがな」

佐吉は姿勢をあらためた。

「おたずねしたいことがあります」

「きこう。答えられるものは答えよう」

すべてを話し終えて、悟りをひらいた高僧のような安らかさが伝兵衛にはある。

「久孝公父子の毒殺には、我が殿の使嗾があったのでしょうか」

「隆景公か。おぬしはどう思う」

「それがしはあったものと思います」

「ふむ、でなければ末近どのが北原どのの言葉を解した理由づけができぬものな」

それが伝兵衛の答えのようだ。

「富田弥九郎が、長谷川掃部の側室希世どのの子であったことはご存じでしたか」

「薄々気づいてはいた。顔が希世どのに瓜二つと申す者がいてな。弥九郎の入城前、背景は調べた。舟に乗って巡回する殿の前に殺気を帯びてやつがあらわれたとき、だからなにごともなくとらえることができた」

そういうことだったのか。

「弥九郎の身代わりになった者が誰かはわかっているのですか」

伝兵衛が首を横に振る。

「いまだにわからぬ。ただし、そうではないか、と推測はついている」

「おきかせください」

伝兵衛が静かに息をついた。

「弥九郎が後藤家から富田家に養子に入ったのは知っておるか」

「はい、存じております」

「後藤の一族に樋口家というのがあってな、長谷川掃部の末子が入れられた寺の住持が、樋口家の三男だった。このあたりの結びつきから、掃部の子は弥九郎と名を変え、子のない富田家に入ってきたものと考えられた」

伝兵衛が軽く咳払いをした。

「墓まであばいた、とわしは申した」

「そこには子の新しい死骸があったとうかがいました」

「それが弥九郎の身代わりだったことは、今は見当がつく。あれが誰だったのか、わかっておらぬが、はやり病があった頃だから、病で死んだ近在の百姓の子の死骸をそれらしく見せられたのではないか、と思う。死骸の頭は剃ってあったが、掃部の死を知った住持がそこまでやったのだろう、と今になれば思える。そのときは、そこまでは考えなかった。素直に住持のいい分を信じた」

佐吉は別の質問を発した。

「長谷川掃部の側室だった多美どのと希世どのですが、この二人は仲がよかったのでしょうか」

伝兵衛は首をかしげた。

「そのあたりも、今となってはわからぬ。掃部が死んですぐ、希世どのも病死したときいたゆえ。その希世どのの子を育てるために多美どのはわざわざ富田家に嫁したくらいだから、仲はよかったのかもしれぬな」

伝兵衛が唇を嚙み締める。

「しかし、本当に仲がよかったとしたら、仇討だけを考える人間にはしなかったのではないか、とも思う。愛情をもって接し、別の人間に育てたのではないかな」

それはいえるかもしれない。さらされた若い首。いま思い起こしても、無駄死に以外のなにものでもない。

多美は結局、自らのうらみを晴らしてくれる者がほしかっただけなのかもしれない。

「弥九郎を養子として引き取り、鍛えあげた富田又八郎どのは、多美どのの執念ともいえる気持ちになぜ合力をしたのでしょう」

ふむそれか、と伝兵衛はいった。

「掃部の子を身ごもり、我らに殺された百姓女がおったことは話したな。その百姓女を長谷川の館に奉公させる世話をしたのが又八郎だった。又八郎は、はやり病で全滅したその百姓家と懇意にしていた。富田又八郎の知行地で村長をしていた家だ。自分が世話をした娘を殺されたうらみを晴らそうとしたのかもしれぬが、よくわからぬというのが正直なところだな」

確かに、伝兵衛が口にしたのは復讐の理由としては薄い気がする。ただ単に、妻に力を貸したいだけだったのかもしれない。

「はやり病で百姓の一家が全滅したといわれましたが、実は一家は殺されたのではありませぬか」

伝兵衛は虚をつかれたようだ。

「我らにか。馬鹿な」

一蹴（いっしゅう）した。

「武門の掟にはしたがうが、それ以外でむごいことはせぬ、と申したはずだ」

「では、本当にはやり病だったのですか」

「むろんよ。ふむ、なるほどな」

伝兵衛は納得した顔だ。

「おぬしがそう思ったくらいだ、富田又八郎も同じだったのだな。それで一家の無念を晴らすべく、弥九郎を鍛えた。そのあと、すぐに又八郎も病で逝ってしまったが、もともと富田家は若かりし又八郎が功名をあげて興した家だ。家臣に累が及びさえしなければ、弥九郎の代で潰すのも、きっと惜しくはなかったのだろう」

なるほど、そういうことか。

「しかし弥九郎は残念なことをした」

　伝兵衛が苦い顔をする。

「舌など嚙まずにおればよかったものを。開城まで牢に入れておき、そのあとは羽柴にまかせるつもりでいた。敵が牢に押しこめていた者だ、羽柴もむげな扱いはするまい。首をさらしたのは、ああなってしまった以上、片をつけねばならなかったゆえだ」

　佐吉は気づいた。

「では、それがしが弥九郎どのに面会を申しこんだとき拒絶されたのは、責めてなどおらぬことを知られたくなかったからではありませぬか」

「まあ、そういうことだな」

　心根が優しい、との主水助の言葉が素直に胸に響いた。

「それはそうと」

　伝兵衛がいった。

「おぬしを狙った者はわかったのか」

「いえ」

　佐吉はかぶりを振った。

「そうか、気がかりだな。ふむ、もう一度おのれの身辺を洗うつもりで、ここ最近や昔のことを思いだしてみろ。なにかひっかかりがあるかもしれぬぞ」

伝兵衛は口を閉じ、あたたかな瞳をした。

「おぬしら有為の者には、これからの毛利を守り立ててもらわねばならぬ。織田信長は冷酷な男よ、こたびの和議は一時のものにすぎぬ。織田は難敵だが、なんとかくいとめてくれ。我らはおぬしたちの戦いぶりを見守っておる」

どうやらこれが、伝兵衛が佐吉を慈愛に満ちた目で見た理由のようだ。

佐吉の頭は自然に下がった。


この日、また安国寺恵瓊が城にやってきた。

家中屋敷にある清水宗治と居館で会った。

またも必死に宗治の説得をはじめたようだ。

どういう説得の仕方をしたのか、恵瓊が居館を出てきたのは意外に早かった。

宗治も、兵糧も尽き、このままでは城兵たちが飢え死を待つしかないというところにまで至り、皆の命を救うためには自分が腹を切らなければならないと決意したのかもしれない。

毛利家のためでなく、城兵のために切腹する。いかにも清水宗治らしかった。

とはいえ、子息の源三郎が立ちゆくように強く願ったはずだ。毛利家に源三郎を取り立ててもらわないと、ここで腹をかっ切る意味がない。

恵瓊は舟に乗り、また石井山のほうに向かってゆく。首尾を羽柴秀吉に知らせるのだろう。

居館から難波伝兵衛が出てきた。佐吉を認め、歩み寄ってくる。

「いよいよ決まった」

むしろさばさばした口調でいった。

「明日、我らは腹を切る」

「さようにございますか」

さすがに悲しい。

「そんな顔をするな。昨日も申した通り、おぬしら若い者で、毛利を守り立てていってくれ。頼んだぞ」

「はっ」

不意に伝兵衛の表情が沈んだ。

「おぬし、きいておるか」

「なにをでしょう」

「おぬしの舅どのが我らの供をすると申している」

「なんと」

驚愕した佐吉は左衛門のもとへ走った。

「まことだ」

背筋を伸ばして正座している左衛門が平然といい放つ。

「わしは清水どのの供をする」

佐吉は呆然とした。

「そんな」

「佐吉、なにをきいても驚かぬように心しておけ、とわしは常々申していたはずだ。覚えておるな」

覚えている。覚えているが、しかし、これが驚かずにいられようか。

「なぜ舅どのが腹を切る必要があるのです」

佐吉はほとんど叫んでいた。

「軍監にも責任の一端はありましょうが、落城のたび軍監が腹を切っていたら、仕事になりませぬ。軍監には本営に立ち戻り、これまでの経緯を総大将に知らせる責があります。この責を放棄されるのですか」

左衛門が穏やかな笑みを見せた。

「代わりに佐吉が伝えい」

「ご免こうむります」

「そういうな」

左衛門が悲しげにいった。

「こたびの北原どのの死は、根はわしにあるともいえるのだ。その責任はとらねばなるまい」

「根とは」

左衛門が佐吉を見つめ、決意の色もあらわに語りはじめた。

「殿に、石川久孝の謀殺を進言したのはわしなのだ。藤松どのを、清水どのに殺させたのもわしだ。秋山内膳、須々木孫右衛門の謀殺もわしの献言だ。高松城が清水どののものになる前より深く関わっているから、わしはこの城にたびたび派遣されたのだ」

左衛門が一拍置いた。

「清水どのにさんざん非道を強いてきたわしが、清水どのが死ぬというときに生きておるわけにはいかぬ。清水どのとともに死にたい気持ちもある。わしも五十五。十分に生きた。この城を最期の地とするのは、運命だったのであろう」

左衛門の決意は、重く伝わってきた。それでも佐吉は舅を翻意させたかった。説得の言葉を必死に探した。

だが、たとえどんな言辞を用いても、左衛門の心がひるがえらないのはわかっていた。

「お心は変わりませぬか」

それでもいってみた。

「佐吉、水穂を頼んだぞ」

吐息が佐吉の喉の奥から出てきた。水穂にはすまないが、義父のことはあきらめるしかなかった。

「わかりました」

佐吉はついに口にした。

二十二

翌六月四日、巳の刻。

湖上に船が出た。

宗治のほかに五名が死出の旅路の供として乗っている。これは羽柴秀吉の厚意により、宇喜多の軍船が貸し与えられた。ふつうの小舟では介錯人が足が踏ん張れず、刀を振れないであろうとの配慮だ。二十人が乗れる船なら、確かにそのあたりは大丈夫だろう。

難波伝兵衛、末近左衛門、宗治の兄で出家している月清、宗治の従僕七郎次郎、介錯役をつとめる宗治の家臣高市之允（こうのいちのじょう）である。

佐吉の知らないうちに、あの世にともに赴く供が増えていた。宗治はとめたが、きき入れるような者たちではなかったのだろう。

空は晴れ渡っている。明るい日差しを受けて照り映える湖面は、まるで鏡のようだ。

五人は、羽柴秀吉の厚意で贈られた酒を、船上で酌みかわしている。いよいよだった。

佐吉は胸が痛くなっている。じき舅は腹を切るのだ。

清水宗治が立ちあがり、船上で舞いを舞いはじめた。

落ち着いているように見えるが、さすがに顔は青白い。ろくに戦いもせずに腹を切ることを無念と思っているのだろうか。

顔色はよくないものの、どこか晴れがましさも見えている。

城兵の命と引き換えに、自分が死ぬということに、満足の思いがあるようだ。

波の上を滑るようにきこえてくるのは、能の誓願寺（せいがんじ）である。

一遍上人（いっぺんしょうにん）が誓願寺において念仏のありがたさを人々に伝えていると、一人の里女が『六十万人決定往生』の意味をたずねる。上人は『六字名号一遍法、十界依正一遍体、万行離念一遍証、人中上々妙好華』のそれぞれ一番上の文字を取ったものであることを教えた。喜んだ女は、私はこの寺に墓を持つ和泉式部（いずみしきぶ）と名乗り、姿を消す。上人は姿を消す前の和泉式部にいわれた通り、誓願寺の扁額（へんがく）を六字の名号に書き換えて供えた。すると、和泉式部が菩薩（ぼさつ）となってあらわれ、楽曲を奏し、舞を舞って扁額の前にぬかずいた。

念仏のすばらしさをたたえる舞いであると佐吉は解している。剛勇の士である清水宗治といえども、今からあの世に旅立つ身としては、南無阿弥陀仏によって心の平安がほしいのであるまいか。

宗治が舞っているあいだ、風は凪ぎ、静寂があたりを支配した。鳥のさえずりさえきこえない。水鳥たちも湖面を泳ぐのをやめ、じっと宗治の喉にきき入っている。

音吐朗々たる宗治の声が、青い空に吸いこまれてゆく。

もともと誓願寺は長い舞いではない。鹿威しが百回鳴ったか鳴らないかの間で、舞いが終わった。

見事なものだった。佐吉の口からため息が漏れた。

舟底に座り直した宗治は、どうやら辞世をしたためている。

一枚の紙を従者に渡した。

宗治が腹をくつろげ、しばらくいとおしむようになでさすっていた。

三方に置いた脇差をつかみ、大きく息をついた。ためらうことなく一瞬で腹に突き立てた。

――やった。

佐吉は息が詰まった。

背後で刀を構えていた市之允が、すかさず宗治の首を落とした。城内からどよめきがわき起こる。敵が陣する対岸からも、どよめきが伝わってきた。

続いて月清が切腹した。これも、宗治の兄だけに見事なものだった。

次は難波伝兵衛だ。

その姿を見ているだけで、佐吉はせつなかった。

伝兵衛は落ち着いていた。二人の兄同様、見事に腹を切ってのけた。

首が落とされたときには、佐吉の目からおびただしい涙が流れ落ちた。

ついに末近左衛門の番がきた。

ゆったりとした仕草だ。いつも冷静な男らしく、動揺はまったく見られない。

佐吉は息が苦しく、目がかすんでいた。涙は出続けている。だが、男の最期をまぶたの裏に焼きつけなければならない。必死に目を大きく見ひらいていた。

左衛門は、なんのためらいもなく腹に刃を突き入れた。鮮やかの一言だった。

左衛門の背後から刀が振りおろされた瞬間、佐吉は目を閉じかけた。だが、それも我慢した。まるで自分が斬られたかのような痛みを覚えた。

最後は七郎次郎だった。従僕とは思えない手際で、見事に切腹してのけた。

それぞれの首を首桶におさめ、名を記してから市之允は羽柴方の検使役に渡した。検死役は織田家の武将の堀尾吉晴(ほりおよしはる)である。

市之允は船で城へ戻ってきた。

佐吉も城兵たちにならって、船が着いた場所に行った。市之允から、舅の遺髪と脇差を受け取った。

市之允は、五つのむくろが埋葬されるのを見届けてから、見事に自刃した。

佐吉はそれを見てかたく合掌した。

いずれも散り方は鮮やかだったが、佐吉の心には大きな空洞があいている。

翌五日の朝から城兵たちの退去がはじまった。

羽柴方が差し向けた船に分乗し、順番に岸にたどりついた。

退去がはじまって半時、佐吉は久々に大地を踏みしめた実感を持った。

長いこと漂流していた漁師が久しぶりに陸（おか）にあがったときこんな気分だろうか。

籠城していた千人余りの百姓とは、ここでお別れだった。

それにしても、驚くべき噂が駆けめぐっていた。織田信長が去る六月二日未明、京において家臣の明智光秀（あけちみつひで）に討たれた、というのである。

羽柴勢は足守川を堰きとめていた堤を切って、すでに撤退をはじめている。

だが、毛利軍は動こうとしない。

なぜこの機をとらえないのだ、と兵たちからは不満の声があがった。

それは無理だな。もう少しはやく信長の死を知っていれば……。そう、宗治たちが死ぬより早く知ることができていれば和議は破棄だったろう。

だが、今となってはもう遅い。遅すぎた。

佐吉は、隆景のいる日差山に向かった。懐には左衛門の遺髪と脇差がしまわれている。

足取りが重い。まっすぐ日差山に行く気がしない。

来たときは幸風が一緒だった。城には男もいた。

だが、今は両方ともいない。

佐吉は知らないうちに森に入った。むせ返るような緑のにおいに強烈に包まれる。

佐吉は一人、森のなかの道を歩き続けた。

ふといやな汗をかきはじめた。

これは高松城に来たとき、鉄砲で狙われる直前、かいた汗によく似ている。

――ということは。

佐吉は体を横に投げだした。腹に響く音が発せられた。

背後からだ。一瞬前に背中があったところを熱のかたまりが抜けていった。

どこだ。

佐吉は森のなかを走りだした。すでに刀を抜いている。

硝煙のにおいが鼻をつく。鉄砲放ちにはもう近いのだ。

二発目をこめ終える前に、なんとかしなければならない。

左の茂みがさっといった。鉄砲の筒先がのぞく。

佐吉の姿を探していた。

佐吉は足音を忍ばせて、右からまわりこんだ。

鉄砲を手にしている男の横顔が見えた。見知らぬ男だ。距離は五間ほど。

微妙な距離だ。気づかれたらまずまちがいなく撃たれる。今度ははずす距離ではない。

しかしここは行くしかなかった。足音と気配を殺し、佐吉は進んでいった。

あと二間というところで鉄砲放ちが、横から近づいてきた佐吉に気づいた。筒先が向く。今にも撃たれる。

恐怖から佐吉は脇差を投げつけた。

男が鉄砲で払いのける。またも佐吉に的を定める。

佐吉はすでに間合に男を入れていた。思い切り刀を振りおろした。

刃は左の肩先に入り、右の腰近くまで達した。

男が鉄砲を放ったが、腕にも刃が入ったため、まったく見当はずれの方角に玉は放たれた。

男は血しぶきをあげつつ、どうと音を立てて地面に倒れこんだ。魚のようにびくびくと痙攣していたが、やがてそれもやんだ。

どうして命を狙ってきたのか、吐かせることはできなかった。

くそう、しくじりだ。

鉄砲は茂みの向こうに投げ捨てた。死骸はそのままにしておくしかなかった。

佐吉は脇差を拾いあげ、再び歩きはじめた。

いつからか、目を背中に感じている。

殺気がこめられているのかは、判然としない。振り返るような真似はしない。振り返ったところで、眼差しの主はわかるまい。

佐吉は小用をたしたかった。獣道をはずれ、左手に広がる森にずんずんとわけ入った。

しかし、気配が追ってくる様子はない。

小用を終えたのちも、佐吉はしばらくそのままの姿勢でいた。あえて隙だらけの姿を見せていた。

どうかな。来ぬか。

いや、どうやら来たようだ。

左斜めうしろから近づいてきていた。相手も佐吉がわざと隙を見せていることがわかっていて、この機を逃がさじとばかりにあえて斬りかかってきたようだ。

猛烈な振りおろしだった。この前の夜と同じ太刀筋である。

当たっていれば、佐吉の頭蓋(ずがい)は粉々に砕け散っていただろう。

佐吉は体をひねり、間一髪で避けた。

避けながら、これだけの振りおろしを受けねばならぬわけとはなんなのだ、と頭のどこかさめた部分で考えていた。

刀を抜いた。

抜きざま、第二撃を放とうとしている相手の胴を打った。

渾身(こんしん)の力をこめた一撃だった。刀は鎧に弾かれたが、相手はその衝撃で尻餅(しりもち)をついた。

佐吉は目の前の兜に、刀を思いきり落とした。鉄が鳴る音がし、相手は昏倒(こんとう)した。

佐吉はひざまずき、兜をはぎ取った。

あらわれたのは濃いひげ面だ。

こいつだったのか。

田尻平太夫だ。

しかしなぜこの男が。

考えているうちに平太夫が息を吹き返し、目をあいた。自分がなにをしているかわからないといった顔をしている。

佐吉と瞳が合う。目が驚きで丸くなった。

佐吉は刀を突きつけた。

「なぜ俺を狙う。この前もおまえだな」

平太夫は佐吉をにらみつけた。憎しみにあふれる瞳だ。

「おまえは仇だ」

言葉を投げつけてきた。

「仇だと」

「兄のだ」

この男と会ったとき、田尻という名にきき覚えがある気がしたのを、佐吉は思いだした。そのわけが今、ようやくわかった。

七年前、備中松山城で父を失ったとき、佐吉が討ち果たした強敵が確か田尻なにがしといったのだ。

平太夫はその弟だろう。そういえば左衛門も、平太夫の兄が松山城で討ち死したといっていた。

「俺を七年、追っていたのか」

平太夫が大きく息をついた。

「戦で身内を殺した相手を仇としてつけ狙うのは、今の世に生きている者として、掟に反しているのは知っておる。だが、俺はどうしてもきさまを殺したかった」

首を落とし、地面に顔を向ける。平太夫が見ている先に無数の蟻が這っていた。隊列をつくっていた。

「名と歳の頃だけはわかっていた。川名佐吉。いつかめぐり会える。そう確信していた。しかし兄を討ったほどの男だ、今の自分では殺せぬことは自明だった。……無念だ」

「二人の鉄砲放ちを雇ったのもきさまだな」

「そうだ。俺は万全を期したのだ。だのに、二人ともしくじりおった」

引き裂けるような目で佐吉を見る。

「殺せっ」

平太夫が血を吐くように叫んだ。

「殺さぬ」

佐吉は即座にいった。

「おまえを殺せば、また新たな遺恨が生まれよう。そんなのはつまらぬ」

口調をやわらげた。

「田尻平太夫、仇を討とうなど二度と考えるな。せっかく拾った命だ。ほかにその力を傾けたらどうだ」

平太夫は佐吉を見つめたまま無言でいた。

いくつかの風が森を騒がせていったのち、首を深くうなずかせた。

「承知した」

生まれたばかりの子猫のようなか細い声だった。

「平太夫、約束しろ」

佐吉は厳しい声を発した。

平太夫はぼんやりと佐吉を見あげた。生気が抜けている。

「なにを約束しろと」

「よいか、今度、会ったときは必ず笑顔を見せろ」

「笑顔を……」

平太夫はいわれた意味を咀嚼（そしゃく）している様子だった。

「わかった。約束しよう……」

平太夫が顔を横に向けた。幼子のようにぼろぼろと涙をこぼしていた。

佐吉は刀を握ったまま体をひるがえした。

平太夫が立ちあがる音がきこえた。斬りかかってくるかと思ったが、その気配はない。

佐吉は刀を鞘におさめた。

森の出口に来たときだった。道脇に粗末な鎧を着た男がぽつねんと立っているのに気づいた。

徳蔵だった。

なぜやつがここに。百姓たちとはとうに別れたというのに。

佐吉に気づいた徳蔵が、こちらへ走りはじめた。

槍をかまえ、血相を変えている。口をあけ、なにかを叫んでいた。

佐吉は脅威を感じなかったから、そのままの姿勢でいた。背後に殺気を覚えたのは
そのときだった。

振り返ると、刀を振りかざした田尻平太夫が半間まで迫っていた。血をしたたらせ

たような真っ赤な舌がのぞいていた。

佐吉は刀を引き抜き、ぎりぎりで平太夫の刀をよけた。体をねじり、すれちがいざま刀をふるった。

手応えがかすかにあった。走り抜けて、振り向く。

動きをとめた平太夫のうしろ姿がそこにあった。

平太夫の首から血が噴きだした。桶の水をぶちまけるような勢いだ。

血の勢いがやがて弱まり、命のすべてを吐きだしたとでもいうように平太夫はゆっくりと倒れていった。うつぶせたまま、もはやぴくりとも動かない。

確かめるまでもなかった。すでに息絶えていた。

佐吉は平太夫の死骸に歩み寄り、見おろした。

あきらめられなかったか。

七年は長かったということだろう。

しかし殺したくはなかった。体が勝手に動いていた。

そばに徳蔵が呆然と突っ立っていた。

「俺を救おうとしたのか」

声をかけられることを予期していなかったかのように、驚きの顔を徳蔵が向けてきた。

「は、はい、さようで」

「だが、助かった」

佐吉は平太夫に、形だけとどめをさした。

そのあいだ顔をそむけていた徳蔵がおずおずときいてきた。

「このお侍はどうして」

「俺を兄の仇と狙ったのだ」

返り討ちか、と徳蔵はつぶやいた。

「おまえはどうした。村には戻らぬのか」

徳蔵が小腰をかがめた。

「戻りません」

「なにゆえ」

「へえ、川名さまに三原へ連れていっていただきたいのです」

「おまえを三原へだと」

「へえ。はっきり申しあげますと、川名さまの家来にしてもらいたいんで」

「なぜ俺がおまえを家来にせねばならぬ」

徳蔵が下を向いた。

「その、手前はもう村にいられないものですから」

「なぜだ」

「はあ、戻ると叩き殺されかねないんでございます。ちょっと人の女房に手をだしてしまい、それがばれて、旦那(だんな)が怒りまくっているんです」

高松城にやってくるとき、森のなかからこの男が女と一緒に出てきたのを、佐吉は見た。女は潤んだ目をしていた。

あの女は人の女房だったのだろう。

「旦那は強いのか」

「いえ、そうでもありません。こたびもお城に入らなかったくらいですから。戦働きは苦手でございます」

「ならば、大丈夫だろう」

徳蔵が顔色を変え、とんでもないとばかりに手を振った。

「いえ、さすがに三人を相手では手前には無理にございます」

佐吉は噴きだした。舅を失った悲しさがわずかに薄れた。

「おまえ、その旦那連中から逃げるために城に入ったのか」

徳蔵が頭をかいた。

「さようでして」

「では、はなから三原に連れていってもらおうとの目論見があって、俺に近づいてきたのか」

徳蔵がそっとこうべを垂れた。

「なぜ俺を選んだ」

「川名さまは、芳次をご存じですね」

「俺の従者だった芳次か。なぜお前が知っている。芳次は一年前に――」

「はい、病で死にました」

「そこまで存じておるのか」

「ええ、実を申せば、芳次のてて親が門前村の出でして、それが二十五、六年ほど前、妻と子を村に残して三原に出、川名さまの家にお仕えしたんでございます」

その通りだ。芳次の父親はなんとなく覚えている。名を壱助といった。

ただ、佐吉が幼い頃に戦死してしまったから、壱助に関してさほどの覚えがあるわけではない。門前村の出だったこともいま初めて知った。

壱助の遺児として故郷から引き取られた少し年上の芳次とは、一緒に育ったようなものだ。

徳蔵が続ける。

「芳次と手前は幼なじみでして、長じてからもちょくちょくつなぎを取っていたんです。病に倒れたとき、あいつは人をよこしたんですよ。俺の代わりに川名さまに仕えろ、という言伝でした。三原に来ればきっと紹介するから、と」

うむ、と佐吉はいった。

「手前はすぐにでも三原に飛んでいきたかったんですが、どうにも女が放してくれませんで、村でぐずぐずしていたんです。そしたら芳次があっけなく死んでしまった……」

「途方に暮れていたら、芳次が紹介してくれるはずの侍とばったり会った。それで自分も高松城に入りこんだ。こういうことか」

徳蔵が大きくうなずいた。

「芳次が導いてくれたのだ、と思いました。川名さまが芳次の申した通りのお方だったのもとてもうれしく、なんとかしてお役に立ちたいと……。それでいろいろと調べまわりました」

ふむ、そういうことだったか。

佐吉は合点した。

「おりません。妻や子は」

「おまえ、妻や子は」

「おりません。天涯孤独も同然の身でして。血縁らしいといえるのは、猪ノ助くらいでございます」

猪ノ助か。徳蔵の従兄である。あの男の言もなかなか役に立った。

「母もおらぬのか」

「顔も覚えておりませんで。てて親も同じです。二人とも戦の巻き添えを食ったとだけきいています」

そうか。生まれたときから母親を知らぬ男もいるのだ。今の世、そんな者は数えきれまい。

となると、俺はまだ母がいるだけましなのではないか。果たしていつまで一緒に暮らしてゆけるものか。

実の母が生きている。今はそれで十分だった。

佐吉は顔をあげ、徳蔵を見つめた。笑みを浮かべる。

「よかろう、ついてこい」

へへっ、とうれしげに徳蔵が頭を下げた。

この作品は2009年10月朝日新聞出版より刊行されました。

徳間文庫

備中高松城目付異聞

湖上の舞

2016年12月15日 初刷

著者 鈴木英治

発行者 平野健一

発行所 株式会社徳間書店

東京都港区芝大門二－二－二 〒105－8055

電話 編集〇三(五四〇三)四三四九
販売〇四八(四五一)五九六〇

振替 〇〇一四〇－〇－四四三九二

印刷 図書印刷株式会社

製本 ナショナル製本協同組合

ISBN978-4-19-894181-9 (乱丁、落丁本はお取りかえいたします)